Jorge Verde

O Livro de Cesario Verde

Outlook

Jorge Verde

O Livro de Cesario Verde

1. Auflage | ISBN: 978-3-75249-259-0

Erscheinungsort: Frankfurt am Main, Deutschland

Erscheinungsjahr: 2022

Outlook Verlag GmbH, Frankfurt.

Reproducción del original

O LIVRO DE CESARIO VERDE

Prefácio

A JORGE VERDE

Aqui deponho em suas mãos e debaixo dos seus lábios o livro do seu irmão. A minha «obra» terminou no dia em que elle saiu da nossa doce amizade para a nossa terrível amargura: morri, meu querido Jorge—deixe-me chamar assim ao irmão do meu querido Cesario;—morri para as alegrias do trabalho, para as esperanças dos enganos doces! O desmoronamento fez-se, a um tempo, no espírito e no coração! Dos restos do passado deixe-me offerecer-lhe a dedicação extremada: peça-me o sacrifício; e, quando no decorrer da vida, se lembrar de nós, tenha este pensamento consolador:—A grande alma de meu irmão soube impôr-se a um coração endurecido; e tenha este outro pensamento: —Mas não estava de todo endurecido o coração que soube amal-a.

Adeus, meu querido Jorge!

S.P.

20 de julho de 1886.

Encontrámo-nos pela primeira vez no Curso Superior de Lettras. Foi em 1873. Cesario Verde marticulara-se no Curso em homenagem ás Lettras, como se as Lettras lá estivessem—no Curso. Eu matriculara-me, com a esperança de habilitar-me um dia á conquista de uma cadeira disponivel. Encontrámo-nos e ficámos amigos—para a vida e para a morte.

Para a vida e para a morte.

1

Tenho de fallar de mim, se eu pretendo fallar de Cesario Verde. Elle não teve, desde aquelle dia—ha treze annos—maior amigo do que eu fui; e sobre esta mesa onde eu estou escrevendo, ás 10 horas da noite d'este formidavel dia glacial—20 de Julho de 1886, dia do seu enterro,—sobre esta mesa onde eu estou escrevendo tenho estas palavras suas de ha poucos dias:—«E como se dê o caso de tu seres o mais dedicado dos meus amigos...» Tenho aqui essas palavras: ellas constituem a justificação dos meus soluços de ha poucas horas, alli, no cemiterio visinho onde elle dorme—o Cesario!—a sua primeira noite redimida...

Eu fui, pois, a luctar nas grandes batalhas da Desgraça, n'aquelle anno para mim terrivel de 1874. Fui-me, a dezenas de leguas de Lisboa. Elle ficou. E no dia em que eu medi forças com as avançadas do meu destino, a inquietação invadiu o espirito e o coração de Cesario Verde, por modo que já eu assoberbara com o meu desprezo a desventura pertinaz e ainda elle não vingára libertar-se do peso de seus cuidados e afflições. Durante annos escreveu-me centenares de paginas— commentarios sobre os meus infortunios, conselhos do seu espirito lucidissimo, sobresaltos do seu coração fraternal. Um dia, trocámos estas palavras:—«Como tu tens tempo, meu amigo, para soffrer tanto!»—«Como tu tens tempo, meu amigo, para me acompanhar no soffrimento!».

É indispensavel ter conhecido intimamente Cesario Verde para conhecel-o um pouco. Os que apenas lhe ouviram a phrase rapida, imperiosa, dogmatica, mal podem imaginar o fundo de tolerancia espectante d'aquelle bello e poderoso espirito. Elle tinha o furor da discussão—a toda a hora. Eu careço de preparar-me durante horas para a simples comprehensão. As exigencias do meu caro polemista irritavam-me. Eu respondia ao acaso; mas acontecia por vezes que o sorriso ligeiramente ironico do perseguidor expandia-se n'um bom e largo sorriso de convencido; e então—meu querido amigo! meu santo poeta!—elle saudava com um enthusiasmo de creança amoravel o que elle chamava o meu triumpho! Não hesitava em confessar-se vencido; e congratulava-se commigo—porque eu o vencera inconscientemente. A generosa alma chamava áquillo a minha superioridade!

Os campos, a verdura dos prados e dos montes; a liberdade do homem em meio da natureza livre: os seus sonhos amados; as suas realidades amadas! Quando aquelle artista delicado, quando aquelle poeta de primeira grandeza julgava em raros momentos sacrificar a Arte aos seus gostos de lavrador e de homem pratico, succedia que as cousas do campo, da vida pratica assimilavam a fecundante seiva artistica do poeta: e então dos fructos alevantavam-se aromas que disputavam fóros

2

de poesia aos aromas das flôres. O mesmo sopro bondoso e potente agitava e fecundava os milharaes e as violetas e os trigaes e as rosas! A bondade summa está no poeta,—mais visivel, pelo menos, do que em Deus.

Artista—e de alta plana! Eu pude vêl-o cioso de seus direitos e reivindicando-os com tanto de ingenuidade quanto de vigor. E pois que um ligeiro esboço, precedendo mais detido trabalho, estou elaborando sobre os traços mais salientes d'aquella individualidade, não me dispensarei d'esta indicripção:

Ha dois mezes escrevia-me Cesario Verde: «O Doutor Sousa Martins perguntou-me qual era a minha occupação habitual. Eu respondi-lhe naturalmente: Empregado no commercio. Depois, elle referiu-se á minha vida trabalhosa que me distrahia, etc. Ora, meu querido amigo, o que eu te peço é que, conversando com o dr. Sousa Martins, lhe dês a perceber que eu não sou o sr. Verde, empregado no commercio. Eu não posso bem explicar-te; mas a tua amizade comprehende os meus escrupulos: sim?...»

E eu fui á beira de Sousa Martins e perguntei-lhe se o poeta Cesario Verde podia ser salvo. O grande e illustre medico tranquilisou-me —e apunhalou-me em pleno peito:—Que o poeta Cesario Verde estava irremediavelmente perdido!

Meu poeta! Meu amigo! Tu estavas condemnado no tribunal superior, quando eu te mentia e ao publico e a mim proprio: estavas condemnado, meu santo! Mas podia viver tranquillo o teu orgulho de artista: o teu medico sabia que o poeta Cesario Verde eras tu proprio, meu pallido agonisante illudido!

A esthesia, o processo artistico e a individualidade d'este admiravel e originalissimo poeta merecem á Critica independente uma attenção desvelada. Eu não hesito em vincular o meu nome á promessa de um tributo que a obra de Cesario Verde está reclamando.

* * * * *

E todavia, não póde o meu espirito evadir-se á idéa consoladora de que é um sonho isto que o entenebrece! Não pódes evadir-te, ó meu espirito amargurado! mas eu vou libertar-te para a dôr!

Foi ás cinco da tarde—ainda agora. Caía o sol a prumo sobre a estrada do Lumiar e nós vinhamos arrastando a nossa miseria,—nós os vivos; o morto arrastava a sua indifferença. Chegámos, com duas horas de amargura, alli ao porto de abrigo e de

3

descanço. Veio o ceremonial tragico, o latim, o encerramento. Caso de uma eloquencia terrivel: Entre algumas dezenas de homens não houve uma phrase indifferente—e em dado momento explosiram soluços n'um enternecimento que ageitava a loira cabeça do cadaver lá dentro do caixão—como as mãos da mãe lh'a ageitaram infantil, no travesseiro, ha vinte e quatro annos, e moribunda ha vinte e quatro horas!

Eram sete horas da tarde, ó minha alma triste! Eu fui-me a chorar velhas lagrimas de gelo, avocadas por lagrimas de fogo recemnascidas. Fui-me por entre os tumulos, a pedir ao meu Deus de ha trinta annos que que me désse força, que me désse força nova,—pois que se prolonga o captiveiro! E a sós, caminhando por entre os tumulos, ao cair da noite, pareceu-me comprehender que nós recebemos força nova em cada nova dôr, para soffrermos de novo—do mesmo modo que o alcatruz de uma nóra se despeja para encher-se, para despejar-se —sem saber porque...

20 de Agosto

* * * * *

A morada nova do Cesario é de pedra e tem uma porta de ferro, com um respiradouro em cruz;—rua n.º 6 do cemiterio dos Prazeres. Á porta está um arbusto da familia dos cyprestes—um brinde ao meu querido morto. Eu offerecera uma palmeira que o vento esgarçou ao terceiro dia, e tive de escolher uma especie resistente, cá da minha raça—funebre e resistente. Está verdejante e vigorosa a pequenina arvore, e de longe é uma sentinella perdida da minha doce amizade religiosa. De longe vou já perguntando á nossa arvore:—Está bom o nosso amigo?... E ella inclina os pequeninos trocos, com a gravidade do cypreste:— Bem; não houve novidade em toda a noite...

É que eu vou pelas tardes visital-o; e saber como elle passou é todo um meu cuidado, como é toda a minha alegria o bem-estar d'aquella hora em que não ha risos. Não fomos risonhos—o Cesario e eu. As nossas horas de convivencia foram tristes e severas. Depois da morte do Cesario eu deixei de viver nos dominios onde elle sentira consolações, alentos, esperanças, onde elle imaginára renascimentos, horisontes, claridades novas. Nunca mais publiquei uma palavra que se lhe não consagrasse—ao meu querido morto. Em face d'aquelle cadaver eu senti alastrar-se no meu pobre ser fatigado o bem-amado desprezo da vida. O meu santo está alli,—está resignado: é tudo. Vós todos, que o amastes, sabei que elle está resignado—o nosso querido morto impassivel!

4

E n'uma dessas tardes, alguns dias depois da sua morte, eu aproximei da porta de ferro a minha pobre cabeça esbrazeada e olhei para dentro do jazigo, involuntariamente; e então, como quer que eu visse lá a dentro do jazigo alguns caixões arrumados, e como eu acertasse em descobrir o caixão do Cesario, os soluços despedaçaram-se contra a minha garganta, n'uma afflicção immensa e cruel. E foi então que a voz rouca e enfraquecida do Cesario—lembram-se da voz d'elle?—pronunciou distinctamente lá a dentro do caixão:—«Sê natural, meu amigo; sê natural!»

Era a voz do Cesario; era a sua voz tremente e doce, ó meu sagrado horror inconsciente! Debrucei-me contra a porta do jazigo e suppliquei n'uma angustia:—«Fala! Dize! Falla, outra vez, meu amigo!» Não se reproduziu o doloroso encanto. Apenas uma especie de marulho brando, um arrastar de folhagem resequida—e o morto na paz da Morte!

Vão já decorridos dez annos sobre um periodo de alguns mezes serenos da minha via dolorosa. Eu viera a conquistar a certeza de que não havia luz misericordiosa para a noite que me vem acompanhando e torturando os olhos ávidos, desde o berço á sepultura redemptora. Cheguei aqui, á cidade maldita da minha primeira hora e trazia o sonho de uma aurora pacifica de vida nova no meu pobre espirito illudido. A aurora fez-se com um desabamento de esperanças: a crueldade bestial que se debruçára sobre o meu primeiro dia não estava arrependida, nem fatigada: a perseguição renasceu. E quando eu, no singular desespero dos esmagados em sua crença, pensei na Morte como no abrigo antecipado—querido abrigo inevitavel!—a voz de Cesario foi a voz evocadora para a continuação do soffrimento —do soffrimento amparado e protegido…

Protegido! A protecção foi a maior da grande alma serena para a pobre alma abatida: foi de lagrimas que se confundiram com as minhas lagrimas; foi aquelle sorriso triste de resignação, consagrado ás minhas amarguras,—que para o Cesario não foram mysteriosas; foi o aperto de mão robusto, na vertigem do combate; foi a voz firme e severa na hora dos desfallecimentos; foi o reflexo permanente que a minha angustia encontrou na sua.

Ah, santo! Ah, meu santo! Ah, meu puro e meu grande! Ah, meu forte! Vae-se na corrente, desfallecido, se nos não troveja nos ouvidos a voz reanimadora! Vae-se na corrente,—que o sei eu! Mas tu, depois do grito salvador, tinhas um applauso vibrante lá do fundo da tua grandeza e da tua generosidade. E tu sabias que me salvara a tua mão, a tua palavra, a tua alma de justo, a tua face que eu não quizera vêr, contrahida e severa, retraindo-se perante o quadro da minha fraqueza! Tu bem o sabias,—forte, bom, generoso, nobre, sempre bom—e todavia sempre justo!

A crise mais feroz atravessei-a, pois, abrigado,—abrigado pela sua voz amiga. Eu tive de luctar com a lenda de rebellião, com a desconfiança dos homens praticos, com o odio dos pequeninos malvados offendidos em seus orgulhos e desmascarados em suas hypocrisias: conseguintemente, com a suppressão do trabalho,—do pão,—com a calumnia, com a intriga, com todas as armadilhas á minha colera, com todas as ciladas á minha fé... Ah, perdidos em paiz de Cafres! Mal conceberieis o horror de uma lucta como aquella, de todos os dias de dez annos, em paiz de conta aberta no bazar da Civilisação!

Hoje, o meu santo amigo está alli em baixo, na sua morada nova, esperando... Espera que eu vá dizer-lhe dos horisontes novos abertos á consciencia dos justos; espera que eu vá dizer-lhe as victorias da Justiça absoluta—da Justiça illuminada e serena;—espera que eu vá dizer-lhe as victorias do Trabalho, da Razão, da Sciencia, da Sinceridade, do Amor: os homens reconciliados, esclarecidos, a Natureza convertida em Progresso, Deus explicado, o Futuro illuminado, a Vida possível, A Mulher fortalecida, o Homem abrandado, as luctas supprimidas, o concerto da Terra desentranhando-se em harmonias reconhecidas, a Bondade convertida em nórma, os Direitos e os Deveres supprimidos pela Igualdade: os seus sonhos, a sua fé, o seu horisonte, o seu amor!

Está alli em baixo, esperando... Eu, mensageiro triste, não saberei dizer-lhe o ascendêr dos espiritos, e só poderei levar-lhe no meu abatimento a demonstração da minha pouca fé, aggravada pela espantosa amargura d'estes ultimos dias,— d'estas ultimas horas. As visões do poeta hão de emmurchecer confundidas com as ultimas rozas que a minha pobre mão tremente e desfallecida lhe deporá no tumulo, e os restos da minha fé hão-de misturar-se com o pó accumulado á entrada do seu tumulo pelo Nordéste—menos frio do que a minha alma succumbida!

* * * * *

Silva Pinto.

Os versos

I

DESLUMBRAMENTOS

Milady, é perigoso contemplal-a,
Quando passa aromatica e normal,
Com seu typo tão nobre e tão de sala,
Com seus gestos de neve e de metal.

Sem que n'isso a desgoste ou desenfade,
Quantas vezes, seguindo-lhe as passadas,
Eu vejo-a, com real solemnidade,
Ir impondo toilettes complicadas!...

Em si tudo me attrae como um thesoiro:
O seu ar pensativo e senhoril,
A sua voz que tem um timbre de oiro
E o seu nevado e lucido perfil!

Ah! Como m'estontêa e me fascina...
E é, na graça distincta do seu porte,
Como a Moda superflua e feminina,
E tão alta e serena como a Morte!...

Eu hontem encontrei-a, quando vinha,
Britannica, e fazendo-me assombrar;
Grande dama fatal, sempre sósinha,
E com firmeza e musica no andar!

O seu olhar possue, n'um fogo ardente,
Um archanjo e um demonio a illuminal-o;
Como um florete, fere agudamente,
E afaga como o pello d'um regalo!

Pois bem. Conserve o gelo por esposo,
E mostre, se eu beijar-lhe as brancas mãos,

7

O modo diplomatico e orgulhoso
Que Anna d'Austria mostrava aos cortezãos.

E emfim prosiga altiva como a Fama,
Sem sorrisos, dramatica, cortante;
Que eu procuro fundir na minha chamma
Seu ermo coração, como um brilhante.

Mas cuidado, milady, não se afoite,
Que hão-de acabar os barabaros reaes;
E os povos humilhados, pela noite,
Para a vingança aguçam os punhaes.

E um dia, ó flor do Luxo, nas estradas,
Sob o setim do Azul e as andorinhas,
Eu hei-de ver errar, allucinadas,
E arrastando farrapos—as rainhas!

SEPTENTRIONAL

Talvez já te esquecesses, ó bonina,
Que viveste no campo só commigo,
Que te osculei a bocca purpurina,
E que fui o teu sol e o teu abrigo.

Que fugiste commigo da Babel,
Mulher como não ha nem na Circassia,
Que bebemos, nós dois, do mesmo fel,
E regámos com prantos uma acacia.

Talvez já te não lembres com desgosto
D'aquellas brancas noites de mysterio,
Em que a lua sorria no teu rosto
E nas lages que estão no cemiterio.

Quando, á brisa outoniça, como um manto,
Os teus cabellos d'ambar desmanchados,
Se prendiam nas folhas d'um acantho,
Ou nos bicos agrestes dos silvados,

8

E eu ia desprendel-os, como um pagem
Que a cauda solevasse aos teus vestidos;
E ouvia murmurar á doce aragem
Uns delirios d'amor, entristecidos;

Quando eu via, invejoso, mas sem queixas,
Pousarem borbeletas doudejantes
Nas tuas formosissimas madeixas,
D'aquellas côr das messes lourejantes,

E no pomar, nós dois, hombro com hombro,
Caminhavamos sós e de mãos dadas,
Beijando os nossos rostos sem assombro,
E colorindo as faces desbotadas;

Quando ao nascer d'aurora, unidos ambos
N'um amor grande como um mar sem praias,
Ouviamos os meigos dithyrambos,
Que os rouxinoes teciam nas olaias,

E, afastados da aldeia e dos casaes,
Eu comtigo, abraçado como as heras,
Escondidos nas ondas dos trigaes,
Devolvia-te os beijos que me déras;

Quando, se havia lama no caminho,
Eu te levava ao collo sobre a greda,
E o teu corpo nevado como o arminho
Pesava menos que um papel de sêda...

E foste sepultar-te, ó seraphim,
No claustro das Fieis emparedadas,
Escondeste o teu rosto de marfim
No véu negro das freiras resignadas.

E eu passo, tão calado como a Morte,
N'esta velha cidade tão sombria,
Chorando afflictamente a minha sorte
E prelibando o calix da agonia.

E,   tristissima   Helena,   com   verdade,
Se   podéra   na   terra   achar   supplicios,
Eu   tambem   me   faria   gordo   frade
E cobriria a carne de cilicios.

MERIDIONAL

Cabellos

Ó   vagas   de   cabello   esparsas   longamente,
Que   sois   o   vasto   espelho   onde   eu   me   vou   mirar,
E   tendes   o   crystal   d'um   lago   refulgente
E a rude escuridão d'um largo e negro mar;

Cabellos   torrenciaes   d'aquella   que   m'enleva,
Deixae-me   mergulhar   as   mãos   e   os   braços   nús
No   barathro   febril   da   vossa   grande   treva,
Que tem scintillações e meigos ceos de luz.

Deixae-me   navegar,   morosamente,   a   remos,
Quando   elle   estiver   brando   e   livre   de   tufões,
E,   ao   placido   luar,   ó   vagas,   marulhemos
E enchamos de harmonia as amplas solidões.

Daixae-me   naufragar   no   cimo   dos   cachopos
Occultos   n'esse   abysmo   ebanico   e   tão   bom
Como   um   licor   rhenano   a   fermentar   nos   copos,
Abysmo que s'espraia em rendas de Alençon!

E   ó   magica   mulher,   ó   minha   Inegualavel,
Que   tens   o   immenso   bem   de   ter   cabellos   taes,
E   os   pisas   desdenhosa,   altiva,   imperturbavel,
Entre o rumor banal dos hymnos triumphaes;

Consente   que   eu   aspire   esse   perfume   raro,
Que   exhalas   da   cabeça   erguida   com   fulgor,
Perfume   que   estontêa   um   millionario   avaro
E faz morrer de febre um louco sonhador.

Eu sei que tu possues balsamicos desejos,
E vaes na direcção constante do querer,
Mas ouço, ao ver-te andar, melodicos harpejos,
Que fazem mansamente amar e elanguescer.

E a tua cabelleira, errante pelas costas,
Supponho que te serve, em noites de verão,
De flaccido espaldar aonde te recostas
Se sentes o abandono e a morna prostração.

E ella hade, ella hade, um dia, em turbilhões insanos
Nos rolos envolver-me e armar-me do vigor
Que antigamente deu, nos circos dos romanos,
Um oleo para ungir o corpo ao gladiador.

* * * * *

Ó mantos de veludo esplendido e sombrio,
Na vossa vastidão posso talvez morrer!
Mas vinde-me aquecer, que eu tenho muito frio
E quero asphyxiar-me em ondas de prazer.

IRONIAS DO DESGOSTO

«Onde é que te nasceu»—dizia-me ella ás vezes—
«O horror calado e triste ás cousas sepulcraes?
«Porque é que não possues a verve dos Francezes
«E aspiras, em silencio, os frascos dos meus saes?

«Porque é que tens no olhar, moroso e persistente,
«As sombras d'um jazigo e as fundas abstracções,
«E abrigas tanto fel no peito, que não sente
«O abalo feminil das minhas expansões?

«Ha quem te julgue um velho. O teu sorriso é falso;
«Mas quando tentas rir parece então, meu bem,
«Que estão edificando um negro cadafalso
«E ou vae alguem morrer ou vao matar alguem!

11

«Eu vim—não sabes tu?—para gosar em maio,
«No campo, a quietação banhada de prazer!
«Não vês, ó descórado, as vestes com que saio,
«E os jubilos, que abril acaba de trazer?

«Não vês como a campina é toda embalsamada
«E como nos alegra em cada nova flor?
«E então porque é que tens na fronte consternada
«Um não sei quê tocante e enternecedor?

E eu só lhe respondia:—«Escuta-me. Conforme
«Tu vibras os crystaes da bocca musical,
«Vae-nos minando o tempo, o tempo—o cancro enorme
«Que te ha de corromper o corpo de vestal.

«E eu calmamente sei, na dôr que me amortalha,
«Que a tua cabecinha ornada á Rabagas,
«A pouco e pouco ha de ir tornando-se grisalha
«E em breve ao quente sol e ao gaz alvejará!

«E eu que daria um rei por cada teu suspiro,
«Eu que amo a mocidade e as modas futeis, vans,
«Eu morro de pezar, talvez, porque prefiro
«O teu cabelo escuro ás veneraveis cans!»

HUMILHAÇÕES
(De todo o coração—a Silva Pinto)

Esta aborrece quem é pobre. Eu, quasi Job,
Acceito os seus desdens, seus odios idolatro-os;
E espero-a nos salões dos principaes theatros,
    Todas as noites, ignorado e só.

Lá cança-me o ranger da seda, a orchestra, o gaz;
As damas, ao chegar, gemem nos espartilhos,
E emquanto vão passando as cortezans e os brilhos,
    Eu analyso as peças no cartaz.

Na representação d'um drama de Feuillet,
Eu aguradava, junto à porta, na penumbra,
Quando a mulher nervosa e van que me deslumbra
Saltou soberba o estribo do coupé.

Como ella marcha! Lembra um magnetisador.
Roçavam no veludo as guarnições das rendas;
E, muito embora tu, burguez, me não entendas,
Fiquei batendo os dentes de terror.

Sim! Por não podia abandonal-a em paz!
Ó minha pobre bolsa, amortalhou-se a idéa
De vel-a aproximar, sentado na platéa,
De tel a n'um binoculo mordaz!

Eu occultava o fraque usado nos botões;
Cada contratador dizia em voz rouquenha:
—Quem compra algum bilhete ou vende alguma senha?
E ouviam-se cá fóra as ovações.

Que desvanecimento! A perola do Tom!
As outras ao pé d'ella imitam as bonecas;
Tem menos melodia as harpas e as rabecas,
Nos grandes espetaculos do Som.

Ao mesmo tempo, eu não deixava de a abranger;
Vi-a subir, direita, a larga escadaria
E entrar no camarote. Antes estimaria
Que o chão se abrisse para me abater.

Saí; mas ao sair senti-me atropellar.
Era um municipal sobre um cavallo. A guarda
Espanca o povo. Irei-me; e eu, que detesto a farda,
Cresci com raiva contra o militar.

De subito, fanhosa, infecta, rota, má,
Pôz-se na minha frente uma velhinha suja,
E disse-me, piscando os olhos de coruja:
—Meu bom senhor! Dá-me um cigarro? Dá?...

RESPONSO

I

N'um castello deserto e solitario,
Toda de preto, ás horas silenciosas,
Envolve-se nas pregas d'um sudario
E chora como as grandes criminosas.

Podesse eu ser o lenço de Bruxellas
Em que ella esconde as lagrimas singellas.

II

E loura como as doces escocezas,
D'uma belleza ideal, quasi indecisa;
Circumda-se de luto e de tristezas
E excede a melancolica Artemisa.

Fosse eu os seus vestidos afogados
E havia de escutar-lhe os seus peccados.

III

Alta noite, os planetas argentados
Deslisam um olhar macio e vago
Nos seus olhos de pranto marejados
E nas aguas mansissimas do lago

Podesse eu ser a lua, a lua terna,
E faria que a noite fosse eterna.

IV

E os abutres e os corvos fazem giros
De roda das ameias e dos pégos,
E nas salas resoam uns suspiros
Dolentes como as supplicas dos cegos.

Fosse eu aquellas aves de pilhagem
E cercara-lhe a fronte, em homenagem.

V

14

E   ella   vaga   nas   praias   rumorosas,
Triste   como   as   rainhas   desthronadas,
A   contemplar   as   gondolas   airosas,
Que passam, a giorno illuminadas.

Podesse   eu   ser   o   rude   gondoleiro
E alli é que fizera o meu cruzeiro.

VI

De   dia,   entre   os   veludos   e   entre   as   sedas,
Murmurando   palavras   afflictivas,
Vagueia   nas   umbrosas   alamedas
E acarinha, de leve, as sensitivas.

Fosse   eu   aquellas   arvores   frondosas
E prendera-lhe as roupas vaporosas.

VII

Ou   domina,   a   rezar,   no   pavimento
Da   capella   onde   outr'ora   se   ouviu   missa,
A   musica   dulcissima   do   vento
E o sussuro do mar, que s'espreguiça.

Podesse   eu   ser   o   mar   e   os   meus   desejos
Eram ir borrifar-lhe os pés, com beijos.

VIII

E   ás   horas   do   crepusculo   saudosas,
Nos   parques   com   tapetes   cultivados,
Quando   ella   passa   curvam-se   amorosas
As estatuas dos seus antepassados.

Fosse   eu   tambem   granito   e   a   minha   vida
Era vêl-a a chorar arrependida.

IX

No   palacio   isolado   como   um   monge,
Erram   as   velhas   almas   dos   precítos,

15

E   nas   noites   de   inverno   ouvem-se   ao   longe
Os lamentos dos naufragos afflictos.

Podesse   eu   ter   tambem   uma   procella
E as lentas agonias ao pé d'ella!

X

E   ás   lages,   no   silencio   dos   mosteiros,
Ella   conta   o   seu   drama   negregado,
E   o   vasto   carmesim   dos   resposteiros
Ondula como um mar ensanguentado.

Fossem   aquellas   mil   tapeçarias
Nossas mortalhas quentes e sombrias.

XI

E   assim   passa,   chorando,   as   noites   bellas,
Sonhando   nos   tristes   sonhos   doloridos,
E   a   reflectir   nas   gothicas   janellas
As estrellas dos ceus desconhecidos.

Podesse   eu   ir   sonhar   tambem   comtigo
E ter as mesmas pedras no jazigo!

XII

Mergulha-se   em   angustias   lacrimosas
Nos   ermos   d'um   castello   abandonado,
E   as   proximas   florestas   tenebrosas
Repercutem um choro amargurado.

Unissemos,   nós   dois,   as   nossas   covas,
Ó doce castellã das minhas trovas!

II

NATURAES

CONTRARIEDADES

Eu   hoje   estou   cruel,   frenetico,   exigente;
Nem   posso   tolerar   os   livros   mais   bizarros.
Incrivel!   Já   fumei   tres   massos   de   cigarros
Consecutivamente.

Doe-me   a   cabeça.   Abafo   uns   desesperos   mudos:
Tanta   depravação   nos   usos,   nos   costumes!
Amo,   insensatamente,   os   acidos,   os   gumes
E os angulos agudos.

Sentei-me   á   secretaria.   Alli   defronte   móra
Uma   infeliz,   sem,   peito,   os   dois   pulmões   doentes;
Soffre   de   falta   d'ar,   morreram-lhe   os   parentes
E engomma para fóra.

Pobre   esqueleto   branco   entre   as   nevadas   roupas!
Tão   livida!   O   doutor   deixou-a.   Mortifica.
Lidando   sempre!   E   deve   a   conta   á   botica!
Mal ganha para sopas...

O   obstaculo   estimula,   torna-nos   perversos;
Agora   sinto-me   eu   cheio   de   raivas   frias,
Por   causa   d'um   jornal   me   regeitar,   ha   dias,
Um folhetim de versos.

Que   mau   humor!   Rasguei   uma   epopeia   morta
No   fundo   da   gaveta.   O   que   produz   o   estudo?
Mais   d'uma   redacção,   das   que   elogiam   tudo,
Me tem fechado a porta.

A   critica   segundo   o   methodo   de   Taine
Ignoram-n'a.   Juntei   n'uma   fogueira   immensa.
Muitissimos   papeis   ineditos.   A   imprensa
Vale um desdem solemne.

Com   raras   excepções   merece-me   o   epigramma.
Deu   meia-noite;   e   em   paz   pela   calçada   abaixo,

17

Um   sol-e-dó.   Chovisca.   O   populacho
Diverte-se na lama.

Eu   nunca   dediquei   poemas   ás   fortunas,
Mas   sim,   por   deferencia   a   amigos   ou   a   artistas,
Independente!   Só   por   isso   os   jornalistas
Me negam as columnas.

Receiam   que   o   assignante   ingenuo   os   abandone,
Se   forem   publicar   taes   cousas,   taes   auctores.
Arte?   Não   lhes   convem,   visto   que   os   seus   leitores
Deliram por Zaccone.

Um   prosador   qualquer   desfructa   fama   honrosa,
Obtem   dinheiro,   arranja   a   sua   «coterie»;
E   a   mim,   não   ha   questão   que   mais   me   contrarie
Do que escrever em prosa.

A   adulação   repugna   aos   sentimentos   finos;
Eu   raramente   falo   aos   nossos   litteratos,
E   apuro-me   em   lançar   originaes   e   exactos,
Os meus alexandrinos...

E   a   tisica?   Fechada,   e   com   o   ferro   acceso!
Ignora   que   a   asphyxia   a   combustão   das   brazas,
Não   foge   do   estendal   que   lhe   humedece   as   casas,
E fina-se ao desprezo!

Mantem-se   a   chá   e   pão!   Antes   de   entrar   na   cova.
Esvae-se;   e   todavia,   á   tarde,   fracamente,
Oiço-a   cantarolar   uma   canção   plangente
D'uma opereta nova!

Perfeitamente.   Vou   findar   sem   azedume.
Quem   sabe   se   depois,   eu   rico   e   n'outros   climas,
Conseguirei   reler   essas   antigas   rimas,
Impressas em volume?

Nas   lettras   eu   conheço   um   campo   de   manobras;
Emprega-se   a   réclame,   a   intriga,   o   annuncio,   a   blague,

18

E   esta   poesia   pede   um   editor   que   pague
Todas as minhas obras…

E   estou   melhor;   passou-me   a   colera.   E   a   visinha?
A   pobre   engommadeira   ir-se-ha   deitar   sem   ceia?
Vejo-lhe   luz   no   quarto.   Inda   trabalha.   É   feia…
Que mundo! Coitadinha!

A DEBIL

Eu,   que   sou   feio,   solido,   leal,
A   ti,   que   és   bella,   fragil,   assustada,
Quero   estimar-te,   sempre,   recatada
N'uma existencia honesta, de crystal.

Sentado   á   mesa   d'um   café   devasso,
Ao   avistar-te,   ha   pouco,   fraca   e   loura,
N'esta   Babel   tão   velha   e   corruptora,
Tive tenções de offerecer-te o braço.

E,   quando   soccorreste   um   miseravel,
Eu,   que   bebia   calices   d'absintho,
Mandei   ir   a   garrafa,   porque   sinto
Que me tornas prestante, bom, saudavel.

«Ella   ahi   vem!»   disse   eu   para   os   demais;
E   puz-me   a   olhar,   véxado   e   suspirando,
O   teu   corpo   que   pulsa,   alegre   e   brando,
Na frescura dos linhos matinaes.

Via-te   pela   porta   envidraçada;
E   invejava,—talvez   que   o   não   suspeites!—
Esse   vestido   simples,   sem   enfeites,
N'essa cintura tenra, immaculada.

Ia   passando,   a   quatro,   o   patriarcha.
Triste   eu   sahi.   Doía-me   a   cabeça;
Uma   turba   ruidosa,   negra,   espessa,
Voltava das exequias d'um monarcha.

Adoravel! Tu muito natural
Seguias a pensar no teu bordado;
Avultava, n'um largo arborisado,
Uma estatua de rei n'um pedestal.

Sorriam nos seus trens os titulares;
E ao claro sol, guardava-te, no entanto,
A tua boa mãe, que te ama tanto,
Que não te morrerá sem te casares!

Soberbo dia! Impunha-me respeito
A limpidez do teu semblante grego;
E uma familia, um ninho de socego,
Desejava beijar sobre o teu peito.

Com elegancia e sem ostentação,
Atravessavas branca, esvelta e fina,
Uma chusma de padres de batina,
E d'altos funccionarios da nação.

«Mas se a atropella o povo turbolento!
Se fosse, por acaso, alli pisada!»
De repente, paraste embaraçada
Ao pé d'um numeroso ajuntamento.

E eu, que urdia estes faceis esbocetos,
Julguei vêr, com a vista de poeta,
uma pombinha timida e quieta
N'um bando ameaçador de corvos pretos.

E foi, então, que eu homem varonil,
Quiz dedicar-te a minha pobre vida,
A ti, que és tenue, docil, reconhecida,
Eu, que sou habil, pratico, viril.

N'UM BAIRRO MODERNO

A Manuel Ribeiro

Dez horas da manhã; os transparentes
Matizam uma casa apalaçada;
Pelos jardins estancam-se os nascentes,
E fere a vista, com brancuras quentes,
A larga rua macadamisada.

Rez-de-chaussée repousam socegados,
Abriram-se, n'alguns, as persianas,
E d'um ou d'outro, em quartos estucados,
Ou entre a rama dos papeis pintados,
Reluzem, n'um almoço, as porcelanas.

Como é saudavel ter o seu conchego,
E a sua vida facil! Eu descia,
Sem muita pressa, para o meu emprego,
Aonde agora quasi sempre chego
Com as tonturas d'uma apoplexia.

E rota, pequenina, aramafada,
Notei de costas uma rapariga,
Que no xadrez marmoreo d'uma escada,
Como um retalho de horta agglomerada,
Pousára, ajoelhando, a sua giga.

E eu, apesar do sol, examinei-a:
Poz-se de pé: resoam-lhe os tamancos;
E abre-se-lhe o algodão azul da meia,
Se ella se curva, esguedelhada, feia,
E pendurando os seus bracinhos brancos.

Do patamar responde-lhe um criado:
«Se te convém, despacha; não converses.
Eu não dou mais.» E muito descançado,
Atira um cobre livido, oxidado,
Que vem bater nas faces d'uns alperces.

Subitamente,—que visão de artista!—
Se eu transformasse os simples vegetaes,
Á luz do sol, o intenso colorista,

21

N'um ser humano que se mova e exista
Cheio de bellas proporções carnaes?!

Boiam aromas, fumos de cozinha;
Com o cabaz ás costas, e vergando,
Sobem padeiros, claros de farinha;
E ás portas, uma ou outra campainha
Toca, frenetica, de vez em quando.

E eu recompunha, por anatomia,
Um novo corpo organico, aos bocados.
Achava os tons e as fórmas. Descobria
Uma cabeça n'uma melancia,
E n'uns repolhos seios injectados.

As azeitonas, que nos dão o azeite,
Negras e unidas, entre verdes folhos,
São tranças d'um cabello que se ageite;
E os nabos—ossos nus, da côr do leite,
E os cachos d'uvas—os rosarios d'olhos.

Ha collos, hombros, boccas, um semblante
Nas posições de certos fructos. E entre
As hortaliças, tumido, fragrante,
Como d'alguem que tudo aquilo jante,
Surge um melão, que me lembrou um ventre.

E, como um feto, emfim, que se dilate,
Vi nos legumes carnes tentadoras,
Sangue na ginja vivida, escarlate,
Bons corações pulsando no tomate
E dedos hirtos, rubros, nas cenouras.

O sol dourava o céo. E a regateira,
Como vendera a sua fresca alface
E déra o ramo de hortelã que cheira,
Voltando-se, gritou-me prazenteira:
«Não passa mais ninguem!... Se me ajudasse?!...»

Eu acerquei-me d'ella, sem desprezo;
E, pelas duas azas a quebrar,
Nós levantámos todo aquelle peso
Que ao chão de pedra resistia preso,
Com um enorme esforço muscular.

«Muito obrigada! Deus lhe dê saúde!»
E recebi, náquella despedida,
As forças, a alegria, a plenitude,
Que brotam d'um excesso de virtude
Ou d'uma digestão desconhecida.

E em quanto sigo para o lado opposto,
E ao longe rodam umas carruagens,
A pobre afasta-se, ao calor de agosto,
Descolorida nas maçãs do rosto,
E sem quadris na saia de ramagens.

Um pequerrucho rega a trepadeira
D'uma janella azul; e, com o ralo
Do regador, parece que joeira
Ou que borrifa estrellas; e a poeira
Que eleva nuvens alvas e incensal-o.

Chegam do gigo emanações sadias,
Oiço um canario—que infantil chilrada!—
Lidam ménages entre as gelosias,
E o sol estende, pelas frontarias,
Seus raios de laranja distillada.

E pittoresca e audaz, na sua chita,
O peito erguido, os pulsos nas ilhargas,
D'uma desgraça alegre que me incita,
Ella apregôa, magra, enfezadita,
As suas couves repolhudas, largas.

E como as grossas pernas d'um gigante,
Sem tronco, mas athleticas, inteiras,
Carregam sobre a pobre caminhante,

23

Sobre   a   verdura   rustica,   abundante,
Duas frugaes aboboras carneiras.

CRYSTALISAÇÕES

A Bettencourt Rodrigues

Faz   frio.   Mas,   depois   d'uns   dias   de   aguaceiros,
Vibra   uma   immensa   claridade   crua.
De   cocaras,   em   linha   os   calceteiros,
Com   lentidão,   terrosos   e   grosseiros,
Calcam de lado a lado a longa rua.

Como   as   elevações   seccaram   do   relento,
E   o   descoberto   sol   abafa   e   cria!
A   frialdade   exige   o   movimento;
E   as   poças   d'agua,   como   em   chão   vidrento,
Reflectem a molhada casaria.

Em   pé   e   perna,   dando   aos   rins   que   a   marcha   agita,
Disseminadas,   gritam   as   peixeiras;
Luzem,   aquecem   na   manhã   bonita,
Uns   barracões   de   gente   pobresita.
E uns quintalorios velhos com parreiras.

Não   se   ouvem   aves;   nem   o   choro   d'uma   nora!
Tomam   por   outra   parte   os   viandantes;
E   o   ferro   e   a   pedra—que   união   sonora!—
Retinem   alto   pelo   espaço   fóra,
Com choques rijos, asperos, cantantes.

Bom   tempo.   E   os   rapagões,   morosos,   duros,   baços,
Cuja   columna   nunca   se   endireita,
Partem   penedos;   cruzam-se   estilhaços.
Pesam   enormemente   os   grossos   maços,
Com que outros batem a calçada feita.

A   sua   barba   agreste!   A   lã   dos   seus   barretes!
Que   espessos   forros!   N'uma   das   regueiras

Acamam-se as japonas, os colletes:
E elles descalçam com os picaretes,
Que ferem lume sobre pederneiras.

E n'esse rude mez, que não consente as flores,
Fundêam, como a esquadra em fria paz,
As arvores despidas. Sobrias côres!
Mastros, enxarcias, vergas! Valladores
Atiram terra com as largas pás.

Eu julgo-me no Norte, ao frio—o grande agente!—
Carros de mão, que chiam carregados,
Conduzem saibro, vagarosamente;
Vê se a cidade, mercantil, contente:
Madeiras, aguas, multidões, telhados!

Negrejam os quintaes, enxuga e alvenaria;
Em arco, sem as nuvens fluctuantes,
O ceu renova a tinta corredia;
E os charcos brilham tanto, que eu diria
Ter ante mim lagôas de brilhantes!

E engelhem muito embora, os fracos, os tolhidos,
Eu tudo encontro alegremente exacto.
Lavo, refresco, limpo os meus sentidos.
E tangem-me, excitados, sacudidos,
O tacto, a vista, o ouvido, o gosto, o olfacto!

Pede-me o corpo inteiro esforços na friagem
De tão lavada e egual temperatura!
Os ares, o caminho, a luz reagem;
Cheira-me a fogo, a silex, a ferragem;
Sabe-me a campo, a lenha, a agricultura.

Mal encarado e negro, um pára emquanto eu passo;
Dois assobiam, altas as marretas
Possantes, grossas, temperadas d'aço;
E um gordo, o mestre, com um ar de ralaço
E manso, tira o nivel das valletas.

Homens de carga! Assim as bestas vão curvadas!
Que vida tão custosa! Que diabo!
E os cavadores pousam as enxadas,
E cospem nas callosas mãos gretadas,
Para que não lhes escorregue o cabo.

Povo! No panno cru rasgado das camizas
Uma bandeira penso que transluz!
Com ella soffres, bebes, agonisas:
Listrões de vinho lançam-lhe divisas,
E os suspensorios traçam-lhe uma cruz!

D'escuro, bruscamente, ao cimo da barroca,
Surge um perfil direito que se aguça;
E ar matinal de quem sahiu da toca,
Uma figura fina, desemboca,
Toda abafada n'um casaco á russa.

D'onde ella vem! A actriz que tanto comprimento
E a quem, á noite na plateia, attraio
Os olhos lizos como polimento!
Com seu rostinho estreito, friorento,
Caminha agora para o seu ensaio.

E aos outros eu admiro os dorsos, os costados
Como lajões. Os bons trabalhadores!
Os filhos das lezirias, dos montados;
Os das planicies, altos, aprumados;
Os das montanhas, baixos, trepadores!

Mas fina de feições, o queixo hostil, distincto,
Furtiva a tiritar em suas pelles,
Espanta-me a actrizita que hoje pinto,
N'este dezembro energico, succinto,
E n'estes sitios suburbanos, reles!

Como animaes communs, que uma picada esquente,
Elles, bovinos, masculos, ossudos,
Encaram-n'a sanguinea, brutamente:

E   ella   vacilla,   hesita   impaciente
Sobre as botinhas de tacões agudos.

Porém,   desempenhando   o   seu   papel   na   peça,
Sem   que   inda   o   publico   a   passagem   abra,
O   demonico   arrisca-se,   atravessa
Covas,   entulhos,   lamaçaes,   depressa,
Com seus pésinhos rapidos, de cabra!

NOITES GELIDAS

MERINA

Rosto   comprido,   airosa,   angelical,   macia,
Por   vezes,   a   allemã   que   eu   sigo   e   que   me   agrada,
Mais   alva   que   o   luar   de   inverno   que   me   esfria,
Nas   ruas   a   que   o   gaz   dá   noites   de   ballada;
Sob   os   abafos   bons   que   o   Norte   escolheria,
Com   seu   passinho   curto   e   em   suas   lãs   forrada,
Recorda-me   a   elegancia,   a   graça,   a   galhardia
De uma ovelhinha branca, ingenua e delicada.

SARDENTA

Tu,   n'esse   corpo   completo,
Ó   lactea   virgem   doirada,
Tens   o   lymphatico   aspecto
D'uma camelia melada.

FLORES VELHAS

Fui   hontem   visitar   o   jardimzinho   agreste,
Aonde   tanta   vez   a   luz   nos   beijou,
E   em   tudo   vi   sorrir   o   amor   que   tu   me   deste,
Soberba como um sol, serena como um vôo.

Em   tudo   scintillava   o   limpido   poema
Com   osculos   rimado   ás   luzes   dos   planetas;

A abelha inda zumbia em torno da alfazema;
E ondulava o matiz das leves borboletas.

Em tudo eu pude ver ainda a tua imagem,
A imagem que inspirava os castos madrugaes;
E as virações, o rio, os astros, a pasizagem,
Traziam-me á memoria idyllios immortaes.

Diziam-me que tu, no florido passado,
Detinhas sobre mim, ao pé d'aquellas rosas,
Aquelle teu olhar moroso e delicado,
Que fala de languor e d'emoções mimosas;

E, ó pallida Clarisse, ó alma ardente e pura,
Que não me desgostou nem uma vez sequer,
Eu não sabia haurir do calix da ventura
O nectar que nos vem dos mimos da mulher.

Falou-me tudo, tudo, em tons commovedores,
Do nosso amor, que uniu as almas de dois entes;
As falas quasi irmãs do vento com as flores
E a molle exhalação das varzeas rescendentes.

Inda pensei ouvir aquellas coisas mansas
No ninho de affeições creado para ti,
Por entre o riso claro, e as vozes das creanças,
E as nuvens que esbocei, e os sonhos que nutri.

Lembrei-me muito, muito, ó symbolo das santas,
Do tempo em que eu soltava as notas inspiradas,
E sob aquelle ceo e sobre aquellas plantas
Bebemos o elixir das tardes perfumadas.

E nosso bom romance escripto n'um desterro,
Com beijos sem ruido em noites sem luar,
Fizeram-m'o reler, mais tristes que um enterro,
Os goivos, a baunilha e as rosas de toucar.

Mas tu agora nunca, ah! nunca mais te sentas
Nos bancos de tijolo em musgo atapetados,

28

E   eu   não   beijarei,   ás   horas   somnolentas,
Os dedos de marfim, polidos e delgados...

Eu,   por   não   ter   sabido   amar   os   movimentos
Da   estrophe   mais   ideal   das   harmonias   mudas,
Eu   sinto   as   decepções   e   os   grandes   desalentos
E tenho um riso mau como o sorrir de Judas.

E   tudo   emfim   passou,   passou   como   uma   penna,
Que   o   mar   leva   no   dorso   exposto   aos   vendavaes,
E   aquella   doce   vida,   aquella   vida   amena,
Ah! nunca mais virá, meu lyrio, nunca mais!

Ó   minha   boa   amiga,   ó   minha   meiga   amante!
Quando   hontem   eu   pisei,   bem   magro   e   bem   curvado,
A   areia   em   que   rangia   a   saia   roçagante,
Que foi na minha vida o ceo aurirosado,

Eu   tinha   tão   impresso   o   cunho   da   saudade,
Que   as   ondas   que   formei   das   suas   illusões
Fizeram-me   enganar   na   minha   soledade
E as azas ir abrindo ás minhas impressões.

Soltei   com   devoção   lembranças   inda   escravas,
No   espaço   construi   phantasticos   castellos,
No   tanque   debrucei-me   em   que   te   debruçavas,
E onde o luar parava os raios amarellos.

Cuidei   até   sentir,   mais   doce   que   uma   prece,
Suster   a   minha   fé,   n'um   veo   consolador,
O   teu   divino   olhar   que   as   pedras   amollece,
E ha muito que me prendeu nos carceres do amor.

Os   teus   pequenos   pés,   aquelles   pés   suaves,
Julguei-os   esconder   por   entre   as   minhas   mãos,
E   imaginei   ouvir   ao   conversar   das   aves
As celicas canções dos anjos aos teus irmãos.

NOITE FECHADA

Lembras-te tu do sabbado passado,
Do passeio que démos, devagar,
Entre um saudoso gaz amarellado
E as caricias leitosas do luar?

Bem me lembro das altas ruasinhas,
Que ambos nós percorremos de mãos dadas:
Ás janellas palravam as visinhas;
Tinham lividas luzes as fachadas.

Não me esqueço das cousas que disseste,
Ante um pesado templo com recortes;
E os cemiterios ricos, e o cypreste
Que vive de gorduras e de mortes!

Nós saíramos proximo ao sol-posto,
Mas seguiamos cheios de demoras;
Não me esqueceu ainda o meu desgosto
Nem o sino rachado que deu horas.

Tenho ainda gravado no sentido,
Porque tu caminhavas com prazer,
Cara rapada, gordo e presumido,
O padre que parou para te ver.

Como uma mitra a cúpula da egreja
Cobria parte do ventoso largo;
E essa bocca viçosa de cereja,
Torcia risos com sabor amargo.

A lua dava tremulas brancuras,
Eu ia cada vez mais magoado;
Vi um jardim com arvores escuras,
Como uma jaula todo gradeado!

E para te seguir entrei comtigo
N'um pateo velho que era d'um canteiro,
E onde, talvez, se faça inda o jazigo
Em que eu irei apodrecer primeiro!

Eu sinto ainda a flôr da tua pelle,
Tua luva, teu veu, o que tu és!
Não sei que tentação é que te impelle
Os pequeninos e cançados pés.

Sei que em tudo attentavas, tudo vias!
Eu por mim tinha pena dos marçanos,
Como ratos, nas gordas mercearias,
Encafunados por immensos annos!

Tu sorriras de tudo: Os carvoeiros,
Que apparecem ao fundo d'umas minas,
E á crua luz os pallidos barbeiros
Com oleos e maneiras femininas!

Fins de semana! Que miseria em bando!
O povo folga, estupido e grisalho!
E os artistas d'officio iam passando,
Com as ferias, ralados do trabalho.

O quadro anterior, d'um que á candêa,
Ensina a filha a ler, metteu-me dó!
Gosto mais do plebeu que cambalêa,
Do bebado feliz que falla só!

De subito, na volta de uma esquina,
Sob um bico de gaz que abria em leque,
Vimos um militar, de barretina
E galões marciaes de pechisbeque,

E em quanto elle fallava ao seu namoro,
Que morava n'um predio de azulêjo,
Nos nossos labios retinio sonoro
Um vigoroso e formidavel beijo!

E assim ao meu capricho abandonada,
Errámos por travessas, por viellas,
E passámos por pé d'uma tapada
E um palacio real com sentinellas.

E eu que busco a moderna e fina arte,
Sobre a umbrosa calçada sepulchral,
Tive a rude intenção de violentar-te
Imbecilmente como um animal!

Mas ao rumor dos ramos e d'aragem,
Como longiquos bosques muito ermos,
Tu querias no meio da folhagem
Um ninho enorme para nós vivermos.

E ao passo que eu te ouvia abstractamente,
Ó grande pomba tépida que arrulha,
Vinham batendo o macadam fremente,
As patadas sonoras da patrulha,

E atravez a immortal cidadesinha,
Nós fomos ter ás portas, ás barreiras,
Em que uma negra multidão se apinha
De tecelões, de fumos, de caldeiras.

Mas a noite dormente e esbranquiçada
Era uma esteira lucida d'amor;
Ó jovial senhora perfumada,
Ó terrivel creança! Que esplendor!

E ali começaria o meu desterro!...
Lodoso o rio, e glacial, corria;
Sentámo-nos, os dois, n'um novo aterro
Na muralha dos caes de cantaria.

Nunca mais amarei, já que não me amas,
E é preciso, decerto, que me deixes!
Toda a maré luzida como escamas,
Como alguidar de prateados peixes.

E como é necessario que eu me afoite
A perder-me de ti por quem existo,
Eu fui passar ao campo aquella noite
E andei leguas a pé, pensando n'isto.

E   tu   que   não   serás   sómente   minha,
Ás   caricias   leitosas   do   luar,
Recolheste-te,   pallida   e   sósinha
Á gaiola do teu terceiro andar!

MANHANS BRUMOSAS

Aquella,   cujo   amor   me   causa   alguma   pena,
Põe   o   chapeo   ao   lado,   abre   o   cabello   á   banda,
E   com   a   forte   voz   cantada   com   que   ordena,
Lembra-me,   de   manhan,   quando   nas   praias   anda,
Por   entre   o   campo   e   o   mar,   bucolica,   morena,
Uma pastora audaz da religiosa Irlanda.

Que   linguas   fala?   A   ouvir-lhe   as   inflexões   inglezas,
—Na   Nevoa   azul,   a   caça,   as   pescas,   os   rebanhos!—
Sigo-lhe   os   altos   pés   por   estas   asperezas;
E   o   meu   desejo   nada   em   epoca   de   banhos,
E,   ave   de   arribação,   elle   enche   de   surprezas
Seus olhos de perdiz, redondos e castanhos.

As   irlandezas   teem   soberbos   desmazelos!
Ella   descobre   assim,   com   lentidões   ufanas,
Alta,   escorrida,   abstracta,   os   grossos   tornozelos;
E   como   aquellas   são   maritimas,   serranas,
Suggere-me   o   naufragio,   as   musicas,   os   gelos
E as redes, a manteiga, os queijos, as choupanas.

Parece   um   «rural   boy»!   Sem   brincos   nas   orelhas,
Traz   um   vestido   claro   a   comprimir-lhe   os   flancos,
Botões   a   tiracollo   e   applicações   vermelhas;
E   á   roda,   n'um   paiz   de   prados   e   barrancos,
Se   as   minhas   maguas   vão,   mansissimas   ovelhas,
Correm os seus desdens, como vitellos brancos.

E   aquella,   cujo   amor   me   causa   alguma   pena,
Põe   o   chapeo   ao   lado,   abre   o   cabello   á   banda,
E   com   a   forte   voz   cantada   com   que   ordena,

Lembra-me, de manhan, quando nas praias anda,
Por entre o campo e o mar, catholica, morena,
Uma pastora de audaz da religiosa Irlanda.

FRIGIDA

I

Balzac é meu rival, minha senhora ingleza!
Eu quero-a porque odeio as carnações redondas!
Mas elle eternisou-lhe a singular belleza
E eu turbo-me ao deter seus olhos côr das ondas.

II

Admiro-a. A sua longa e placida estatura
Expõe a magestade austera dos invernos.
Não cora no seu todo a timida candura;
Dansam a paz dos ceos e o assombro dos infernos.

III

Eu vejo-a caminhar, fleugmatica, irritante,
N'uma das mãos franzindo um lenço de cambraia!...
Ninguem me prende assim, funebre, extravagante,
Quando arregaça e ondula a preguiçosa saia!

IV

Ouso esperar, talvez, que o seu amor me acoite,
Mas nunca a fitarei d'uma maneira franca;
Traz o esplendor do Dia e as pallidez da Noite,
É, como o Sol, dourada, e, como a Lua, branca!

V

Podesse-me eu prostrar, n'um meditado impulso,
Ó gelida mulher bizarramente estranha,
E tremulo depor os labios no seu pulso,
Entre a macia luva e o punho de bretanha!...

34

VI

Scintilla no seu rosto a lucidez das joias.
Ao encarar comsigo a phantasia pasma;
Pausadamente lembra o silvo das giboias
E a marcha demorada e muda d'um phantasma.

VII

Metallica visão que Charles Baudelaire
Sonhou e presentiu nos seus delirios mornos,
Permitta que eu lhe adule a distincção que fere,
As curvas de magreza e o lustre dos adornos!

VIII

Deslise como um astro, uma astro que declina;
Tão descançada e firme é que me desvaria,
E tem a lentidão d'uma corveta fina
Que nobremente vá n'um mar de calmaria.

IX

Não me imagine um doido. Eu vivo como um monge,
No bosque das ficções, ó grande flor do Norte!
E, ao, perseguil-a, penso acompanhar de longe
O socegado espectro angelico da Morte!

X

O seu vagar occulta uma elasticidade
Que deve dar um gosto amargo e deleitoso,
E a sua glacial impassibilidade
Exalta o meu desejo e irrita o meu nervoso.

XI

Porem, não arderei aos seus contactos frios,
E não me enroscará nos serpentinos braços:
Receio supportar febrões e calefrios;
Adoro no seu corpo os movimentos lassos.

XII

E   se   uma   vez   me   abrisse   o   collo   transparente,
E   me   osculasse,   emfim,   flexivel   e   submisso,
Eu   julgaria   ouvir   alguem,   agudamente,
Nas trevas, a cortar pedaços de cortiça!

DE VERÃO

A Eduardo Coelho

I

No   campo;   eu   acho   n'elle   a   musa   que   me   anima:
A   claridade,   a   robustez,   a   acção.
Esta   manhã,   saí   com   minha   prima,
Em   que   eu   noto   a   mais   sincera   estima
E a mais completa e séria educação.

II

Creança   encantadora!   Eu   mal   esboço   o   quadro
Da   lyrica   excursão,   d'intimidade
Não   pinto   a   velha   ermida   com   seu   adro;
Sei   só   desenho   de   compasso   e   esquadro,
Respiro industria, paz, salubridade.

III

Andam   cantando   aos   bois;   vamos   cortando   as   leiras;
E   tu   dizias: «Fumas?   E   as   fagulhas?
Apaga   o   teu   cachimbo   junto   ás   eiras;
Colhe-me   uns   brincos   rubros   nas   ginjeiras!
Quando me alegra a calma das debulhas!»

IV

E   perguntavas   sobre   os   ultimos   inventos
Agrícolas.   Que   aldeias   tão   lavadas!
Bons   ares!   Boa   luz!   Bons   alimentos!

36

Olha: Os saloios vivos, corpulentos,
Como nos fazem grandes barretadas!

V

Voltemos. Na ribeira abundam as ramagens
Dos olivaes escuros. Onde irás?
Regressam os rebanhos das pastagens;
Ondeiam milhos, nuvens e miragens,
E, silencioso, eu fico para traz.

VI

N'uma collina azul brilha um logar caiado.
Bello! E arrimada ao cabo da sombrinha,
Com teu chapéo de palha, desabado,
Tu continúas na azinhaga; ao lado
Verdeja, vicejante, a nossa vinha.

VII

N'isto, parando, como alguem que se analysa,
Sem desprender do chão teus olhos castos,
Tu começaste, harmonica, indecisa,
A arregaçar a chita, alegre e lisa
Da tua cauda um poucochinho a rastos.

VIII

Espreitam-te, por cima, as frestas dos celleiros;
O sol abrasa as terras já ceifadas,
E alvejam-te, na sombra dos pinheiros,
Sobre os teus pés decentes, verdadeiros,
As saias curtas, frescas, engommadas.

IX

E, como quem saltasse, extravagantemente,
Um rego d'agua sem se enxovalhar,
Tu, a austera, a gentil, a intelligente,

Depois de bem composta, déste á frente
Uma pernada comica, vulgar!

X

Exotica! E cheguei-me ao pé de ti. Que vejo!
No atalho enxuto, e branco das espigas
Caidas das carradas no salmejo,
Esguio e a negrejar em um cortejo,
Destaca-se um carreiro de formigas.

XI

Ellas, em sociedade, espertas, diligentes,
Na natureza trémula de sede,
Arrastam bichos, uvas e sementes;
E atulha, por instincto, previdentes,
Seus antros quasi occultos na parede.

XII

E eu desatei a rir como qualquer macaco!
«Tu não as esmagares contra o solo!»
E ria-me, eu ocioso, inutil, fraco,
Eu de jasmim na casa do casaco
E d'oculo deitado a tiracolo!

XIII

«As ladras da colheita! Eu se trouxesse agora
Um sublimado corrosivo, uns pós
De solimão, eu, sem maior demora,
Envenenal-as-hia! Tu, por ora,
Preferes o romantico ao feroz.

XIV

Que compaixão! Julgava até que matarias
Esses insectos importunos! Basta.
Merecem-te espantosas sympathias?

Eu felicito suas senhorias,
Que honraste com um pulo de gymnasta!»

E emfim calei-me. Os teus cabellos muito loiros
Luziam, com doçura, honestamente;
De longe o trigo em monte, e os calcadoiros,
Lembravam-me fusões d'immensos oiros,
E o mar um prado verde e florescente.

XVI

Vibravam, na campina, as chocas da manada;
Vinham uns carros a gemer no outeiro,
E finalmente, energica, zangada,
Tu inda assim bastante envergonhada,
Volveste-me, apontando o formigueiro:

XVII

«Não me incommode, não, com ditos detestaveis!
Não seja simplesmente um zombador!
Estas mineiras negras, incançaveis,
São mais economistas, mais notaveis,
E mais trabalhoras que o senhor.»

O SENTIMENTO D'UM OCCIDENTAL

A Guerra Junqueiro

I

AVE MARIAS

Nas nossas ruas, ao anoitecer,
Ha tal soturnidade, ha tal melancholia,
Que as sombras, o bulicio, o Tejo, a maresia
Despertam-me um desejo absurdo de soffrer.

O   ceu   parece   baixo   e   de   neblina,
O   gaz   extravasado   enjôa-me,   perturba;
E   os   edificios,   com   as   chaminés,   e   a   turba
Toldam-se d'uma côr monotona e londrina.

Batem   os   carros   de   aluguer,   ao   fundo,
Levando   á   via   ferrea   os   que   se   vão.   Felizes!
Occorrem-me   em   revista   exposições,   paizes:
Madrid, Paris, Berlim, S. Petersburgo, o mundo!

Semelham-se   a   gaiolas,   com   viveiros,
As   edificações   sómente   emmadeiradas:
Como   morcegos,   ao   cair   das   badaladas,
Saltam de viga em viga os mestres carpinteiros.

Voltam   os   calafates,   aos   magotes,
De   jaquetão   ao   hombro,   enfarruscados,   seccos;
Embrenho-me,   a   scismar,   por   boqueirões,   por   beccos,
Ou érro pelos caes a que se atracam botes.

E   evoco,   então,   as   chronicas   navaes:
Mouros,   baixeis,   heroes,   tudo   resuscitado!
Lucta   Camões   no   Sul,   salvando   um   livro   a   nado!
Singram soberbas naus que eu não verei jámais!

E   o   fim   da   tarde   inspira-me;   e   incommoda!
De   um   couraçado   inglez   vogam   os   escaleres;
E   em   terra   n'um   tinir   de   louças   e   talheres
Flammejam, ao jantar, alguns hoteis da moda.

N'um   trem   de   praça   arengam   dois   dentistas;
Um   tropego   arlequim   braceja   n'umas   andas;
Os   cherubins   do   lar   fluctuam   nas   varandas;
Ás portas, em cabello, enfadam-se os logistas!

Vasam-se   os   arsenaes   e   as   officinas;
Reluz,   viscoso,   o   rio,   apressam-se   as   obreiras;
E   n'um   cardume   negro,   herculeas,   galhofeiras,
Correndo com firmeza, assomam as varinas.

Vem sacudindo as ancas opulentas!
Seus troncos varonis recordam-me pilastras;
E algumas, á cabeça, embalam nas canastras
Os filhos que depois naufragam nas tormentas,

Descalças! Nas descargas de carvão,
Desde manhã á noite, a bórdo das fragatas;
E apinham-se n'um bairro aonde miam gatas,
E o peixe pôdre géra os focos de infecção!

II

NOITE FECHADA

Toca-se as grades, nas cadeias. Som
Que mortifica e deixa umas loucuras mansas!
O aljube, em que hoje estão velhinhas e creanças,
Bem raramente encerra uma mulher de «dom»!

E eu desconfio, até, de um aneurisma
Tão morbido me sinto, ao accender das luzes;
Á vista das prisões, da velha sé, das cruzes,
Chora-me o coração que se enche e que se abysma.

A espaços, illuminam-se os andares,
E as tascas, os cafés, as tendas, os estancos
Alastram em lençol os seus reflexos brancos;
E a lua lembra o circo e os jogos malabares.

Duas egrejas, n'um saudoso largo,
Lançam a nodoa negra e funebre do clero:
N'ellas esfumo um ermo inquisidor severo,
Assim que pela Historia eu me aventuro e alargo.

Na parte que abateu no terremoto,
Muram-se as construcções rectas, eguaes, crescidas;
Affrontam-me, no resto, as ingremes subidas,
E os sinos d'um tanger monastico e devoto.

Mas, n'um recinto publico e vulgar,
Com bancos de namoro e exiguas pimenteiras,
Bronzeo, monumental, de proporções guerreiras,
Um épico d'outr'ora ascende, n'um pilar!

E eu sonho o Colera, imagina a Febre,
N'esta accumulação de corpos enfezados;
Sombrios e espectraes recolhem os soldados;
Inflamma-se um palacio em face de um casebre.

Partem patrulhas de cavallaria
Dos arcos dos quarteis que foram já conventos;
Edade-média! A pé, outras, a passos lentos,
Derramam-se por toda a capital, que esfria.

Triste cidade! Eu temo que me avives
Uma paixão defunta! Aos lampeões distantes,
Enlutam-me, alvejando, as tuas elegantes,
Curvadas a sorrir ás montras dos ourives.

E mais: as costureiras, as floristas
Descem dos magasins, causam-me sobresaltos;
Custa-lhes a elevar os seus pescoços altos
E muitas d'ellas são comparsas ou coristas.

E eu, de luneta de uma lente só,
Eu acho sempre assumpto a quadros revoltados:
Entro na brasserie; ás mesas de emigrados,
Ao riso e á crua luz joga-se o dominó.

III

AO GAZ

E saio. A noite peza, esmaga. Nos
Passeios de lagedo arrastam-se as impuras.
Ó molles hospitaes! Sae das embocaduras
Um sopro que arripia os hombros quasi nús.

Cercam-me as lojas, tépidas. Eu penso
Ver cirios lateraes, ver filas de capellas,
Com santos e fieis, andores, ramos, velas,
Em uma cathedral de um comprimento immenso.

As burguezinhas do Catholocismo
Resvalam pelo chão minado pelos canos;
E lembram-me, ao chorar doente dos pianos,
As freiras que os jejuns matavam de hysterismo.

N'um cutileiro, de avental, ao torno,
Um forjador maneja um malho, rubramente;
E de uma padaria exhala-se, inda quente,
Um cheiro salutar e honesto a pão no forno.

E eu que medito um livro que exarcebe,
Quizera que o real e a analyse m'o dessem;
Casas de confecções e modas resplandecem;
Pelas vitrines ólha um ratoneiro imberbe.

Longas descidas! Não poder pintar
Com versos magistraes, salubres e sinceros,
A esguia diffusão dos vossos reverberos,
E a vossa pallidez romantica e lunar!

Que grande cobra, a lubrica pessoa,
Que espartilhada escolhe uns chales com debuxo!
Sua excellencia attráe, magnetica, entre luxo,
Que ao longo dos balcões de mogno se amontoa.

E aquella velha, de bandós! Por vezes,
A sua traîne imita um leque antigo, aberto,
Nas barras verticaes, a duas tintas. Perto,
Escarvam, á victoria, os seus mecklemburguezes.

Desdobram-se tecidos estrangeiros;
Plantas ornamentaes seccam nos mostradores;
Flócos de pós de arroz pairam suffocadores,
E em nuvems de setins requebram-se os caixeiros,

Mas tudo cança! Apagam-se nas frentes
Os candelabros, como estrellas, pouco a pouco;
Da solidão regouga um cauteleiro rouco;
Tornam-se mausoléos as armações fulgentes.

«Dó da miseria!... Compaixão de mim!...»
E, nas esquinas, calvo, eterno, sem repouso,
Pede-me sempre esmola um homemzinho idoso,
Meu velho professor nas aulas de latim!

IV

HORAS MORTAS

O tecto fundo de oxygenio, d'ar,
Estende-se ao comprido, ao meio das trapeiras;
Vem lagrimas de luz dos astros com olheiras,
Enleva-me a chimera azul de transmigrar.

Por baixo, que portões! Que arruamentos!
Um parafuso cáe nas lages, ás escuras:
Collocam-se taipaes, rangem as fechaduras,
E os olhos d'um caleche espantam-me, sangrentos.

E eu sigo, como as linhas de uma pauta
A dupla correnteza augusta das fachadas;
Pois sobem, no silencio, infaustas e trinadas,
As notas pastoris de uma longiqua flauta.

Se eu não morresse, nunca! E eternamente
Buscasse e conseguisse a perfeição das cousas!
Esqueço-me a prever castissimas esposas,
Que aninhem em mansões de vidro transparente!

Ó nossos filhos! Que de sonhos ageis,
Pousando, vos trarão a nitidez ás vidas!
Eu quero as vossas mães e irmãs estremecidas,
N'umas habitações translucidas e frageis.

44

Ah! Como a raça ruiva do porvir,
E as frótas dos avós, e os nómadas ardentes,
Nós vamos explorar todos os continentes
E pelas vastidões aquaticas seguir!

Mas se vivemos, os emparedados,
Sem arvores, no valle escuro das muralhas!...
Julgo avistar, na treva, as folhas das navalhas
E os gritos de soccorro ouvir estrangulados.

E n'estes nebulosos corredores
Nauseam-me, surgindo, os ventres das tabernas;
Na volta, com saudade, e aos bordos sobre as pernas,
Cantam, de braço dado, uns tristes bebedores.

Eu não receio, todavia, os roubos;
Afastam-se, a distancia, os dubios caminhantes;
E sujos, sem ladrar, osseos, febris, errantes,
Amarelladamente, os cães parecem lobos.

E os guardas, que revistam as escadas,
Caminham de lanterna e servem de chaveiros;
Por cima, as immoraes, nos seus roupões ligeiros,
Tossem, fumando sobre a pedra das sacadas.

E, enorme, n'esta massa irregular
De predios sepulchraes, com dimensões de montes,
A Dôr humana busca os amplos horisontes,
E tem marés, de fel, como um sinistro mar!

DE TARDE

N'aquelle «pic-nic» de burguezas,
Houve uma cousa simplesmente bella,
E que, sem ter historia nem grandezas,
Em todo o caso dava uma aguarella.

Foi quando tu, descendo do burrico,
Foste colher, sem imposturas tolas,

45

A um granzoal azul de grão de bico
Um ramalhete rubro de papoulas.

Pouco depois, em cima d'uns penhascos,
Nós acampámos, inda o sol se via;
E houve talhadas de melão, damascos,
E pão de ló molhado em malvasia.

Mas, todo purpuro a sahir da renda
Dos teus dois seios como duas rolas,
Era o supremo encanto da merenda
O ramalhete rubro das papoulas!

EM PETIZ

I

DE TARDE

Mais morta do que viva, a minha companheira
Nem força teve em si para soltar um grito;
E eu, n'esse tempo, um destro e bravo rapazito,
Como um homemzarrão servi-lhe de barreira!

Em meio de arvoredo, azenhas e ruinas,
Pulavam para a fonte as bezerrinhas brancas;
E, têtas a abanar, as mães de largas ancas,
Desciam mais atraz, malhadas e turinas.

Do seio do logar—casitas com postigos—
Vem-nos o leite. Mas baptisam-n'o primeiro.
Leva-o, de madrugada, em bilhas, o leiteiro,
Cujo pregão vos tira ao vosso somno, amigos!

Nós davamos, os dois, um giro pelo valle:
Varzeas, povoações, pégos, silencios vastos!
E os fartos animaes, ao recolher dos pastos,
Roçavam pelo teu «costume de percale».

Já   não   receias   tu   essa   vaquita   preta,
Que   eu   segurei,   prendi   por   um   chavelhoe?   Juro
Que   estavas   a   tremer,   cosida   com   o   muro,
Hombros em pé, medrosa, e fina, de luneta!

II

OS IRMÃOSINHOS

Pois   eu,   que   no   deserto   dos   caminhos,
Por   ti   me   expunha   immenso,   contra   as   vaccas;
Eu,   que   apartava   as   mansas   das   velhacas,
Fugia com terror dos pobresinhos!

Vejo-os   no   pateo,   ainda!   Ainda   os   ouço!
Os   velhos,   que   nos   rezam   padre-nossos;
Os   mandriões   que   rosnam,   altos,   grossos;
E os cegos que se apoiam sobre o moço.

Ah!   Os   ceguinhos   com   a   côr   dos   barros,
Ou   que   a   poeira   no   suor   mascarra,
Chegam   das   feiras   a   tocar   guitarra,
Rolam os olhos como dois escarros!

E   os   pobres   mettem   medo!   Os   de   marmita,
Para   forrar,   por   anno,   alguns   patacos,
Entrapam-se   nas   mantas   com   buracos,
Choramingando, a voz rachada, afflicta.

Outros   pedincham   pelas   cinco   chagas;
E   no   poial,   tirando   as   ligaduras,
Mostram   as   pernas   putridas,   maduras,
Com que se arrastam pelas azinhagas!

Querem   viver!   E   picam-se   nos   cardos;
Correm   as   villas;   sobem   os   outeiros;
E   ás   horas   de   calor,   nos   esterqueiros,
De roda d'elles zumbem os moscardos.

Aos   sabbados,   os   monstros,   que   eu   lamento,
Batiam   ao   portão   com   seus   cajados;
E   um   aleijado   com   os   pés   quadrados,
Pedia-nos de cima de um jumento.

O   resmungão!   Que   barbas!   Que   saccolas!
Cheirava   a   migas,   a   bafio,   a   arrotos;
Dormia   as   noutes   por   telheiros   rotos,
E sustentava o burro a pão d'esmolas.

* * * * *

Ó   minha   loura   e   doce   como   um   bolo!
Affavel   hospeda   na   nossa   casa,
Logo   que   a   torrida   cidade   abraza,
Como um enorme fôrno de tijolo!

Tu   visitavas,   esmoler,   garrida,
Umas   creanças   n'um   casal   queimado;
E   eu,   pela   estrada,   espicaçava   o   gado,
N'uma attitude esperta e decidida.

Por   lobishomens,   por   papões,   por   bruxas,
Nunca   soffremos   o   menor   receio.
Temieis   vós,   porém,   o   meu   aceio,
Mendigasitas sordidas, gorduchas!

Vicios,   sezões,   epidemias,   furtos,
De   certo,   fermentavam   entre   lixos;
Que   podridão   cobria   aquelles   bichos!
E que luar nos teus fatinhos curtos!

* * * * *

Sei   de   uma   pobre,   apenas,   sem   desleixos,
Ruça,   descalça,   a   trote   nos   atalhos,
E   que   lavava   o   corpo   e   os   seus   retalhos
No rio, ao pé dos choupos e dos freixos.

E   a   douda   a   quem   chamavam   a   «Ratada»
E   que   fallava   só!   Que   antipathia!

48

E se com ella a malta contendia,
Quanta indecencia! Quanta palavrada!

Uns operarios, n'estes descampados,
Tambem surdiam, de chapeu de côco,
Dizendo-se, de olhar rebelde e louco,
Artistas despedidos, desgraçados.

Muitos! E um bebedo—o Camões—que fôra
Rico, e morreu a mendigar, zarolho,
Com uma pala verde sobre um olho!
Tivera ovelhas, bois, mulher, lavoura.

E o resto? Bandos de selvagensinhos:
Um nú que se gabava de maroto;
Um, que cortada a mão, coçava o coto,
E os bons que nos tratavam por padrinhos.

Pediam fatos, botas, cobertores!
Outro jogava bem o pau, e vinha
Chorar, humilde, junto da coxinha!
«Cinco réisinhos!... Nobres bemfeitores!...

E quando alguns ficavam nos palheiros,
E de manhã catavam os piolhos:
Emquanto o sol batia nos restolhos
E os nossos cães ladravam, resingueiros!

Hoje entristeço. Lembro-me dos coxos,
Dos surdos, dos manhosos, dos manetas.
Sulcavam as calçadas, de muletas;
Cantavam, no pomar, os pintarroxos!

III

HISTORIAS

Scismatico, doente, azedo, apoquentado,
Eu agourava o crime, as facas, a enxovia,

Assim   que   um   besuntão   dos   taes   se   apercebia
Da minha blusa azul e branca, de riscado.

Minaveis,   ao   serão,   a   cabecita   loira,
Com   contos   de   provincia,   ingenuas   creaditas:
Quadrilhas   assaltando   as   quintas   mais   bonitas,
E pondo a gente fina, em postas, de salmoira!

Na   noite   velha,   a   mim,   como   tições   ardendo,
Fitavam-me   os   olhões   pesados   das   ciganas;
Deitavam-n'os   o   fogo   aos   predios   e   arribanas;
Cercava-me um incendio ensanguentado, horrendo.

E   eu   que   era   um   cavallão,   eu   que   fazia   pinos,
Eu   que   jogava   a   pedra,   eu   que   corria   tanto;
Sonhava   que   os   ladrões—homens   de   quem   m'espanto
Roubavam para azeite a carne dos meninos!

E   protegia-te   eu,   n'aquelle   outomno   brando,
Mal   tu   sentias,   entre   as   serras   esmoitadas,
Gritos   de   maioraes,   mugidos   de   boiadas,
Branca de susto, meiga e miope, estacando!

NÓS

A A. de S. V.

I

Foi   quando   em   dois   verões,   seguidamente,   a   Febre
E   o   Cholera   tambem   andaram   na   cidade,
Que   esta   população,   com   um   terror   de   lebre,
Fugiu da capital como da tempestade.

Ora,   meu   pae,   depois   das   nossas   vidas   salvas,
(Até   então   nós   só   tiveramos   sarampo),
Tanto   nos   viu   crescer   entre   uns   montões   de   malvas
Que elle ganhou por isso um grande amor ao campo.

Se acaso o conta, ainda a fronte se lhe enruga:
O que se ouvia sempre era o dobrar dos sinos;
Mesmo no nosso predio, os outros inquilinos
Morreram todos. Nós salvámo-nos na fuga.

Na parte mercantil, foco da epidemia,
Um panico! Nem um navio entrava a barra,
A alfandega parou, nenhuma loja abria,
E os turbolentos caes cessaram a algazarra.

Pela manhã, em vez dos trens dos baptisados,
Rodavam sem cessar as seges dos enterros.
Que triste a sucessão dos armazens fechados!
Como um domingo inglez na «city», que desterro!

Sem canalisação, em muitos burgos ermos,
Seccavam dejecções cobertas de mosqueiros.
E os medicos, ao pé dos padres e coveiros,
Os ultimos fieis, tremiam dos enfermos!

Uma illuminação a azeite de purgueira,
De noite amarellava os predios macillentos.
Barricas d'alcatrão ardiam; de maneira
Que tinham tons d'inferno outros arruamentos.

Porém, lá fora, á solta, exageradamente
Emquanto acontecia essa calamidade,
Toda a vegetação, plethorica, potente,
Ganhava immenso com a enorme mortandade!

N'um impeto de seiva os arvoredos fartos,
N'uma opulenta furia as novidades todas,
Como uma universal celebração de bodas,
Amaram-se! E depois houve soberbos partos.

Por isso, o chefe antigo e bom da nossa casa,
Triste d'ouvir fallar em orphãos e em viuvas,
E em permanencia olhando o horizonte em brasa,
Não quiz voltar senão depois das grandes chuvas.

Elle d'um lado, via os filhos achacados,
Um livido flagello e uma molestia horrenda!
E via, do outro lado, eiras, lezirias, prados,
E um salutar refugio e um lucro na vivenda!

E o campo, desde então, segundo o que me lembro,
É todo o meu amor de todos estes annos!
Nós vamos para lá; somos provincianos,
Desde o calor de maio aos frios de novembro!

II

Que de fructa! E que fresca e temporã,
Nas duas boas quintas bem muradas,
Em que o sol, nos talhões e nas latadas,
Bate de chapa, logo de manhã!

O laranjal de folhas negrejantes,
(Porque os terrenos são resvaladiços)
Desce em socalcos todos os macissos,
Como uma escadaria de gigantes.

Das courellas, que criam cereaes,
De que os donos—ainda!—pagam foros.
Dividem-n'o fechados pitosporos,
Abrigos de raizes verticaes.

Ao meio, a casaria branca assenta
Á beira da calçada, que divide
Os escuros pomares de pevide,
Da vinha, n'uma encosta soalhenta!

Entretanto, nao ha maior prazer
Do que, na placidez das duas horas,
Ouvir e ver, entre o chiar das noras,
No largo tanque as bicas a correr!

Muito ao fundo, entre olmeiros seculares,
Secca o rio! Em trez mezes d'estiagem,
O seu leito é um atalho de passagem,
Pedregosissimo, entre dois logares.

Como lhe luzem seixos e burgaus
Roliçõs! Marinham nas ladeiras
Os renques africanos das piteiras,
Que como áloes espigam altos paus!

Montanhas inda mais longiquamente,
Com restevas, e combros como boças,
Lembram cabeças estupendas, grossas,
De cabello grisalho, muito rente.

E, a contrastar, nos valles, em geral,
Como em vidraça d'uma enorme estufa,
Tudo se attrae, se impõe, alarga e entufa,
D'uma vitalidade equatorial!

Que de frugalidades nós criamos!
Que torrão espontaneo que nós somos!
Pela outomnal maturação dos pomos,
Com a carga, no chão pousam os ramos.

E assim postas, nos barros e areiaes,
As maceiras vergadas fortemente,
Parecem, d'uma fauna surprehendente,
Os polypos enormes, diluviaes.

Comtudo, nós não temos na fazenda
Nem uma planta só de mero ornato!
Cada pé mostra-se util, é sensato,
Por mais finos aromas que rescenda!

Finalmente, na fertil depressão,
Nada se vê que a nossa mão não regre:
A florescencias d'um matiz alegre
Mostra um sinal—a fructificação!

* * * * *

Ora, ha dez annos, n'este chão de lava
E argila e areia e alluviões dispersas,

Entre   especies   botanicas   diversas,
Forte, a nossa familia radiava!

Unicamente,   a   minha   doce   irmã,
Como   uma   tenue   e   immaculada   rosa,
Dava   a   nota   galante   e   melindrosa
Na trabalheira rustica, aldeã.

E   foi   n'um   anno   prodigo,   excellente,
Cuja   amargura   nada   sei   que   adoce,
Que   nós   perdemos   essa   flor   precoce,
Que cresceu e morreu rapidamente!

Ai   d'aquelles   que   nascem   n'este   cahos,
E,   sendo   fracos,   sejam   generosos!
As   doenças   assaltam   os   bondosos
E—custa a crer—deixam viver os maus!

* * * * *

Fecho   os   olhos   cançados,   e   descrevo
Das   telas   da   memoria   retocadas,
Biscates,   hortas,   batataes,   latadas,
No paiz montanhoso, com relevo!

Ah!   Que   aspectos   benignos   e   ruraes
N'esta   localidade   tudo   tinha,
Ao   ires,   com   o   banco   de   palhinha,
Para a sombra que faz nos parreiraes!

Ah!   Quando   a   calma,   á   sesta,   nem   consente
Que   uma   folha   se   mova   ou   se   desmanche,
Tu,   refeita   e   feliz   com   o   teu   «lunch»,
Nos ajudavas, voluntariamente!...

Era   admiravel—n'este   grau   do   Sul!—
Entre   a   rama   avistar   o   teu   rosto   alvo,
Ver-te   escolhendo   a   uva   diagalvo,
Que eu embarcava para Liverpool.

A exportação de frutas era um jogo:
Dependiam da sorte do mercado
O boal, que é de perolas formado,
E o ferral, que é ardente e côr de fogo!

Em agosto, ao calor canicular,
Os passaros e enxames tudo infestam;
Tu cortavas os bagos que não prestam
Com a tua thesoura de bordar.

Douradas, pequeninas, as abelhas,
E negros, volumosos, os besoiros,
Circumdavam, com impetos de toiros,
As tuas candidissimas orelhas.

Se uma vespa lançava o seu ferrão
Na tua cutis—petala de leite!—
Nós collocavamos dez réis e azeite
Sobre a galante, a rosea inflammação!

E se um de nós, já farto, arrenegado,
Com o chapeo caçava a bicharia,
Cada zangão voando, á luz do dia,
Lembrava o teu dedal arremessado.

* * * * *

Que d'encantos! Na força do calor
Desabrochavas no padrão da bata,
E, surgindo da gola e da gravata,
Teu pescoço era o caule d'uma flor!

Mas que cegueira a minha! Do teu porte
A fina curva, a indefinida linha,
Com bondades d'herbivora mansinha,
Eram prenuncios de fraqueza e morte!

Á procura da libra e do «schilling»,
Eu andava abstracto e sem que visse

55

Que   o   teu   alvor   romantico   de   «miss»
Te obrigava a morrer antes de mim!

E   antes   tu,   ser   lindissimo,   nas   faces
Tivesses   «panno»   como   as   camponezas;
E   sem   brancuras,   sem   delicadezas,
Vigorosa e plebeia, inda durasses!

Uns   modos   de   carnivora   feroz
Podias   ter   em   vez   de   inoffensivos;
Tinhas   caninos,   tinhas   incisivos,
E podias ser rude como nós!

Pois   n'este   sítio,   que   era   de   sequeiro,
Todo   o   genero   ardente   resistia,
E,   á   larguissima   luz   do   Meio-dia,
Tomava um tom opalico e trigueiro!

* * * * *

Sim!   Europa   do   Norte,   o   que   suppões
Dos   vergeis   que   abastecem   teus   banquetes,
Quando   ás   dockas,   com   fructas,   os   paquetes
Chegam antes das tuas estações?!

Oh!   As   ricas   «primeurs»   da   nossa   terra
E   as   tuas   frutas   acidas,   tardias,
No   azedo   amoniacal   das   queijarias
Dos fleugmaticos «farmers» d'Inglaterra!

Ó   cidades   fabris,   industriaes,
De   nevoeiros,   poeiradas   de   hulha,
Que   pensaes   do   paiz   que   vos   atulha
Com a fructa que sae dos seus quintaes?

Todos   os   annos,   que   frescor   se   exhala!
Abundancias   felizes   que   eu   recordo!
Carradas   brutas   que   iam   para   bórdo!
Vapores por aqui fazendo escala!

Uma alta parreira muscatel
Por doce não servia para embarque:
Palacios que rodeiam Hyde-Park,
Não conheceis esse divino mel!

Pois a Corôa, o Banco, o Almirantado,
Não as têm nas florestas em que ha corças,
Nem em vós que dobraes as vossas forças,
Pradarias d'um verde illimitado!

Anglos-Saxonios, tendes que invejar!
Ricos suicidas, comparae comvosco!
Aqui tudo espontaneo, alegre, tosco,
Facilimo, evidente, salutar!

Opponde ás regiões que dão os vinhos
Vossos montes d'escorias inda quentes!
E as febris officinas estridentes
Ás nossas tecelagens e moinhos!

E ó condados mineiros! Extensões
Carboniferas! Fundas galerias!
Fabricas a vapor! Cutelarias!
E mechanicas, tristes fiações!

Bem sei que preparaes correctamente
O aço e a seda, as laminas e o estofo;
Tudo o que há de mais dúctil, de mais fofo,
Tudo o que ha de mais rijo e resistente!

Mas isso tudo é falso, é machinal,
Sem vida, como um circulo ou um quadrado,
Com essa perfeição do fabricado,
Sem o rythmo do vivo e do real!

E cá o santo sol, sobre isso tudo,
Faz conceber as verdes ribanceiras;
Lança as rosaceas bellas e fructeiras
Nas searas de trigo palhagudo!

Uma   aldeia   d'aqui   é   mais   feliz,
Londres   sombria,   em   que   scintilla   a   corte!...
Mesmo   que   tu,   que   vives   a   compor-te,
Grande seio arquejante de Paris!...

Ah!   Que   de   gloria,   que   de   colorido,
quando,   por   meu   mandado   e   meu   conselho,
Cá   se   empapelam   «as   maçãs   d'espelho»
Que Herbert Spencer talvez tenha comido!

Para   alguns   são   prosaicos,   são   banaes
Estes   versos   de   fibra   succolenta;
Como   se   a   polpa   que   nos   dessedenta
Nem ao menos valesse uns madrigaes!

Pois   o   que   a   bocca   trava   com   surprezas
Senão   as   frutas   tónicas   e   puras!
Ah!   N'um   jantar   de   carnes   e   gorduras
A graça vegetal das sobremesas!...

Jack,   marujo   inglez,   tu   tens   razão
Quando,   ancorando   em   portos   como   os   nossos,
As   laranjas   com   cascas   e   caróços
Comes com bestial soffreguidão!...

* * * * *

A   impressão   d'outros   tempos,   sempre   viva,
Dá   estremeções   no   meu   passado   morto,
E   inda   viajo,   muita   vez,   absorto,
Pelas varzeas da minha retentiva.

Então   recordo   a   paz   familiar,
Todo   um   painel   pacifico   d'enganos!
E   a   distancia   fatal   d'uns   poucos   annos
É uma lente convexa, d'augmentar.

Todos   os   typos   mortos   resuscito!
Perpetuam-se   assim   alguns   minutos!

E eu exagéro os casos diminutos
Dentro d'um véo de lagrimas bemdito.

Pinto quadros por lettras, por signaes,
Tão luminosos como os do Levante,
Nas horas em que a calma é mais queimante,
Na quadra em que o verão aperta mais.

Como destacam, vivas, certas cores,
Na vida externa cheia d'alegrias!
Horas, vozes, locaes, physionomias,
As ferramentas, os trabalhadores!

Aspiro um cheiro a cosedura, e a lar
E a rama do pinheiro! Eu adivinho
O resinoso, o tão agreste pinho
Serrado nos pinhaes da beira mar.

Vinha cortada, aos feixes, a madeira,
Cheia de nós, d'imperfeições, de rachas;
Depois armavam-se, n'um prompto as caixas
Sob uma calma espessa e calaceira!

Feias e fortes! Punham-lhes papel,
A forral-as. E em grossa serradura
Acamava-se a uva prematura
Que não deve servir para tonel!

Cingiam-n'as com arcos de castanho
Nas ribeiras cortados, nos riachos;
E eram d'assucar e calor os cachos,
Criados pelo esterco e pelo amanho!

Ó pobre estrume, como tu compões
Estes pampanos doces como afagos!
«Dedos de dama»: transparentes bagos!
«Tetas de cabra»: lacteas carnações!

E não eram caixitas bem dispostas
Como as passas de Malaga e Alicante;

59

Com   sua   fórma   estavel,   ignorante,
Estas pesavam, brutalmente, ás costas!

Nos   vinhatorios   via   fulgurar,
Com   tanta   cal   que   torna   as   vistas   cegas,
Os   parallelogramos   das   adegas,
Que têm lá dentro as dornas e o lagar!

Que   rudeza!   Ao   ar   livre   dos   estios.
Que   grande   azafama!   Apressadamente
Como   soava   um   martellar   frequente,
Véspera da saida dos navios!

Ah!   Ninguem   entender   que   ao   meu   olhar
Tudo   tem   certo   espirito   secreto!
Com   folhas   de   saudades   um   objecto
Deita raizes duras de arrancar!

As   navalhas   de   volta,   por   exemplo,
Cujo   bico   de   passaro   se   arqueia,
Forjadas   no   casebre   d'uma   aldeia,
São antigas amigas que eu contemplo!

Ellas,   em   seu   labor,   em   seu   lidar,
Com   sua   ponta   como   a   da   podoas,
Serviam   próbas,   uteis,   dignas,   boas,
Nunca tintas de sangue e de matar.

E   as   enxós   de   martello,   que   d'um   lado
Cortavam   mais   do   que   as   enxadas   cavam,
Por   outro   lado,   rápidas,   pregavam,
D'uma pancada, o prego fasquiado!

O   meu   animo   verga   na   abstracção,
Com   a   espinha   dorsal   dobrada   ao   meio;
Mas   se   de   materiaes   descubro   um   veio
Ganho a musculatura d'um Sansão!

E   assim—e   mais   no   povo   a   vida   é   corna—
Amo   os   officios   como   o   de   ferreiro,

Com   seu   folle   arquejante,   seu   brazeiro,
Seu malho retumbante na bigorna!

E   sinto,   se   me   ponho   a   recordar
Tanto   utensilio,   tantas   perspectivas,
As   tradições   antigas,   primitivas,
E a formidavel alma popular!

Oh!   Que   brava   alegria   eu   tenho   quando
Sou   tal   qual   como   os   mais!   E,   sem   talento,
Faço   um   trabalho   technico,   violento,
Cantando, praguejando, batalhando!

* * * * *

Os   fruteiros,   tostados   pelos   soes,
Tinham   passado,   muita   vez,   a   raia,
E,   espertos,   entre   os   mais   da   sua   laia,
—Pobres camponios—eram uns heroes.

E   por   isso,   com   phrases   imprevistas,
E   colorido   e   estylo   e   valentia,
As   «haciendas»   que   ha   na   «Andalucia»
Pintavam como novos paysagistas.

De   como,   ás   calmas,   n'essas   excursões,
Tinham   aguas   salobras   por   refrescos;
E   amarellos,   enormes,   gigantescos,
Lá batiam o queixo com sesões!

Tinham   corrido   já   na   adusta   Hespanha,
Todo   um   fertil   plató   sem   arvoredos,
Onde   armavam   barracas   nos   vinhedos,
Como tendas alegres de campanha.

Que   pragas   castelhanas,   que   alegrão,
Quanto   contavam   scenas   de   pousadas!
Adoravam   as   cintas   encarnadas
E as côres, como os pretos do sertáo!

E   tinham,   sem   que   a   lei   a   tal   obrigue,
A   educação   vistosa   das   viagens!
Uns   por   terra   partiam   e   estalagens,
Outros, aos montes, no convez d'um brigue!

Só   um   havia,   triste   e   sem   fallar
Que   arrastava   a   maior   misantropia,
E,   roxo   como   um   figado,   bebia
O vinho tinto que eu mandava dar!

Pobre   da   minha   geração   exangue
De   ricos!   Antes,   como   os   abrutados,
Andar   com   uns   sapatos   encebados,
E ter riqueza chimica no sangue!

* * * * *

Mas   hoje   a   rustica   lavoura,   quer
Seja   o   patrão,   quer   seja   o   jornaleiro,
Que   inferno!   Em   vão   o   lavrador   rasteiro
E a filharada lidam, e a mulher!…

Desde   o   princípio   ao   fim   é   uma   maçada
De   mil   demonios!   Torna-se   preciso
Ter-se   muito   vigor,   muito   juizo
Para trazer a vida equilibrada!

Hoje   eu   sei   quanto   custam   a   criar
As   cepas,   desde   que   eu   as   pódo   e   empo.
Ah!   O   campo   não   é   um   passatempo
Com bucolismos, rouxinoes, luar.

A   nós   tudo   nos   rouba   e   nos   dizima:
O   rapazio,   o   imposto,   as   pardaladas,
As   osgas   peçonhentas,   achatadas,
E as abelhas que engordam na vindima.

E   o   pulgão,   a   lagarta,   os   caracoes,
E   ha   inda,   alem   do   mais   com   que   se   ateima,

As intemperies, o granizo, a queima,
E a concorrencia com os hespanhoes.

Na vendas, os vinhateiros d'Almeria
Competem contra os nossos fazendeiros.
Dão frutas aos leilões dos estrangeiros,
Por uma cotação que nos desvia!

Pois tantos contras, rudes como são,
Forte e teimoso, o camponez destroe-os!
Venham de lá pesados os comboyos
E os «buques» estivados no porão!

Não, não é justo que eu a culpa lance
Sobre estes nadas! Puras bagatellas!
Nós não vivemos só de coisas bellas,
Nem tudo corre como n'um romance!

Para a Terra parir hade ter dor,
E é para obter as asperas verdades,
Que os agronomos cursam nas cidades,
E, á sua custa, aprende o lavrador.

Ah! Não eram insectos nem as aves
Que nos dariam dias tão difficeis,
Se vós, sabios, na gente descobrisseis
Como se curam as doenças graves.

Não valem nada a cava, a enxofra, e o mais!
Difficultoso trato das cearas!
Lutas constantes sobre as jornas caras!
Compras de bois nas feiras annuaes!

O que a alegria em nós destroe e mata,
Não é rede arrastante d'escalracho,
Nem é «suão» queimante como um facho,
Nem invasões bulhosas d'herva pata.

Podia ter seccado o poço em que eu
Me debruçava e te pregava sustos,

E mais as hervas, arvores e arbustos
Que—tanta vez!—a tua mão colheu.

«Molestia negra» nem «charbon» não era,
Como um archote incendiando as parras!
Tão pouco as bastas e invisiveis garras,
Da enorme legião do phylloxera!

Podiam mesmo, com o que contêm,
Os muros ter caido às invernias!
Somos fortes! As nossas energias
Tudo vencem e domam muito bem!

Que os rios, sim, que como touros mugem,
Transbordando atulhassem as regueiras!
Chorassem de resina as larangeiras!
Ennegrecessem outras com ferrugem!

As turvas cheias de novembro, em vez
Do nateiro subtil que fertilisa,
Fossem a inundação que tudo pisa,
No rebanho afogassem muita rez!

Ah! N'esse caso pouco se perdera,
Pois isso tudo era um pequeno damno,
Á vista do cruel destino humano
Que os dedos te fazia como cera!

Era essa tysica em terceiro grau,
Que nos enchia a todos de cuidado,
Te curvava e te dava um ar alado
Como quem vae voar d'um mundo mau.

Era a desolação que inda nos mina
(Porque o fastio é bem peior que a fome)
Que a meu pai deu a curva que a consome,
E a minha mãe cabellos de platina.

Era a chlorose, esse tremendo mal,
Que desertou e que tornou funesta

64

A nossa branca habitação em festa
Reverberando a luz meridional.

Não desejemos,—nós os sem defeitos,—
Que os tysicos pereçam! Má theoria,
Se pelos meus o apuro principia,
Se a Morte nos procura em nossos leitos!

A mim mesmo, que tenho a pretensão
De ter saude, a mim que adoro a pompa
Das forças, pode ser que se me rompa
Uma arteria, e me mine uma lesão.

Nós outros, teus irmãos, teus companheiros,
Vamos abrindo um matagal de dores!
E somos rijos como os serradores!
E positivos como os engenheiros!

Porém, hostis, sobresaltados, sós,
Os homens architectam mil projectos
De victoria! E eu duvido que os meus netos
Morram de velhos como os meus avós!

Porque, parece, ou fortes ou velhacos
Serão apenas os sobreviventes;
E ha pessoas sinceras e clementes,
E troncos grossos com seus ramos fracos!

E que fazer se a geração decae!
Se a seiva genealogica se gasta!
Tudo empobrece! Extingue-se uma casta!
Morre o filho primeiro do que o pai!

Mas seja como for, tudo se sente
Da tua ausencia! Ah! como o ar nos falta,
Ó flor cortada, susceptivel, alta,
Que assim seccaste prematuramente!

Eu que de vezes tenho o desprazer
De reflectir no tumulo! E medito

No   eterno   Incognoscivel   infinito,
Que as idéas não podem abranger!

 Como   em   paul   em   que   nem   cresça   a   junca
Sei   d'almas   estagnadas!   Nós   absortos,
Temos   ainda   o   culto   pelos   Mortos,
Esses ausentes que não voltam nunca!

 Nós   ignoramos,   sem   religião,
Ao   rasgarmos   caminho,   a   fé   perdida,
Se   te   vemos   ao   fim   d'esta   avenida
Ou essa horrivel aniquilação!…

 E   ó   minha   martyr,   minha   virgem,   minha
Infeliz   e   celeste   creatura,
Tu   lembras-nos   de   longe   a   paz   futura,
No teu jazigo, como uma santinha!

 E   emquanto   a   mim,   és   tu   que   substitues
Todo   o   mysterio,   toda   a   santidade,
Quando   em   busca   do   reino   da   verdade
Eu ergo o meu olhar aos ceos azues!

III

Tinhamos   nós   voltado   á   capital   maldicta,
Eu   vinha   de   polir   isto   tranquillamente,
Quando   nos   seccedeu   uma   cruel   desdita,
Pois um de nós caiu, de subito, doente.

 Uma   tuberculose   abria-lhe   cavernas!
Dá-me   rebate   ainda   o   seu   tossir   profundo!
E   eu   sempre   lembrarei,   triste,   as   palavras   ternas,
Com que se despediu de todos e do mundo!

 Pobre   rapaz   robusto   e   cheio   de   futuro!
Não   sei   d'um   infortunio   immenso   como   o   seu!
Vio   o   seu   fim   chegar   como   um   medonho   muro,
E, sem querer, afflicto e attonito, morreu!

De   tal   maneira   que   hoje,   eu   desgostoso   e   azedo
Como   tanta   crueldade   e   tantas   injustiças,
Se   inda   trabalho   é   como   os   presos   no   degredo,
Com planos de vingança e idéas insubmissas.

E   agora,   de   tal   modo   a   minha   vida   é   dura,
Tenho   momentos   maus,   tão   tristes,   tão   perversos,
Que   sinto   só   desdem   pela   litteratura,
E até desprézo e esqueço os meus amados versos!

PROVINCIANAS

I

Olá!   Bons   dias!   Em   março
Que   mocetona   e   que   joven
A   terra!   Que   amor   esparso
Corre   os   trigos,   que   se   movem
Ás vagas d'um verde garço!

Como   amanhece!   Que   meigas
As   horas   antes   de   almoço!
Fartam-se   as   vaccas   nas   veigas
E   um   pasto   orvalhado   e   moço
Produz as novas manteigas.

Toda   a   paizagem   se   doura;
Tibida   ainda,   que   frecas!
Bella   mulher,   sim   senhora,
N'esta   manhã   pittoresca,
Primaveral, creadora!

Bom   sol!   As   sebes   d'encosto
Dão   madresilvas   cheirosas
Que   entotecem   como   um   mosto
Floridas,   ás   espinhosas
Subio-lhes o sangue ao rosto.

Cresce o relevo dos montes,
Como seios offegantes;
Murmuram como umas fontes
Os rios que dias antes
Bramiam galgando pontes.

E os campos, milhas e milhas,
Com póvos d'espaço a espaço,
Fazem-se ás mil maravilhas;
Dir-se-ia o mar de sargaço
Glauco, ondulante, com ilhas!

Pois bem. O inverno deixou-nos.
É certo. E os grãos e as sementes
Que ficam d'outros outonos
Acordam hoje frementes
Depois d'uns poucos de somnos.

Mas nem tudo são descantes
Por esses longos caminhos
Entre favaes palpitantes
Há solos bravos, maninhos,
Que expulsam seus habitantes!

E n'esta quadra d'amores
Que emigram os jornaleiros
Ganhões e trabalhadores!
Passam clans de forasteiros
Nas terras de lavradores.

Tal como existem mercados
Ou feiras, semanalmente
Para comprarmos os gados
Assim ha praças de gente
Pelos domingos calados!

Emquanto a ovelha arredonda,
Vão tribus de sete filhos,
Por varzeas que fazem onda,

68

Para as derregas dos milhos
E molhadellas da monda.

De roda pulam borregos;
Enchem então as cardosas
As moças d'esses labregos
Com altas botas bartrosas
De se atirarem aos regos!

Eil-as que vem ás manadas
Com caras de soffrimento,
Nas grandes marchas forçadas!
Vem ao trabalho, ao sustento,
Com fouces, sachos, enchadas!

Ai o palheiro das servas
Se o feitor lhe tira as chaves!
Ellas chegam ás catervas,
Quando acasalam as aves
E se fecundam as hervas!...

II

Ao meio dia na cama,
Branca fidalga o que julga
Das pequenas da su'ama?!
Vivem minadas da pulga
Negras do tempo e da lama.

Não é caso que a commova
Ver suas irmans de leite,
Quer faça frio, quer chova,
Sem uma mamã que as deite
Na tepidez d'um alcova?!

Nota: Incompleta esta poesia. Foram os ultimos versos do poeta.

NOTAS

Cesario Verde (José Joaquim Cesario Verde) nasceu em Lisboa, freguesia da Magdalena, em 25 de fevereiro de 1855 e falleceu no Paço do Lumiar em 19 de julho de 1886. Era filho do sr. José Anastacio Verde, negociante, e da srª. D. Maria da Piedade dos Santos Verde.

* * * * *

A estreia do poeta nos dominios da publicidade data de 1873. Foi o auctor d'estas notas e editor d'este livro quem fez publicar no Diario da Tarde do Porto, em folhetim, os primeiros versos de Cesario Verde, precedendo-os de uma carta de apresentação a Manoel d'Arriaga. Esses versos não se reproduzem no livro de Cesario Verde, porque o poeta os considerou muito inferiores aos que hoje se reproduzem. Realmente o eram—pela hesitação do neophyto.

* * * * *

Outros versos foram condemnados pelo auctor e a condemnação foi hoje respeitada: entre elles citaremos a Satyra ao Diario Illustrado, as poesias Vaidosa, Subindo, Desastre, e algumas outras composições de menos folego.

* * * * *

No Prefacio registra-se a promessa de um estudo critico sobre a Obra de Cesario Verde. Essa obra, dispersa nas columnas do Diario da tarde, do Porto, da Renascença, da Revista de Coimbra, da Tribuna, da Illustração, etc., não será discutida pelo auctor d'estas linhas. Não é hoje discutida, nem o será jamais. Sobeja-lhe, ao auctor da promessa, em enternecimento e amargura quanto lhe falta em serenidade; —ficam auctorizados a dizer: quanto lhe falta em competencia.

Tambem se registrou algures a promessa de um ajuste de contas com os insultadores do poeta. Inutil:—nenhum d'elles sobreviveu aos insultos.

* * * * *

Os 200 exemplares d'este livro serão distribuidos pelos parentes, pelos amigos e pelos admiradores provados do illustre poeta, bem como por Bibliothecas do paiz e do estrangeiro. A lista de distribuição será publicada. As reclamações justificadas serão attendidas.

1887.

S. P.

INDICE

Milton Keynes UK
Ingram Content Group UK Ltd.
UKHW010227230124
436511UK00003B/134